# Das Pendel

Heinrich Peuckmann

Lychatz Verlag

Die Deutsche Bibliothek - CIP-Einheitsaufnahme

Heinrich Peuckmann
»Das Pendel«
ISBN 978-3-942929-03-5

Satz: winterwork, Borsdorf
Ausstattung und Herstellung: Lychatz Verlag
Einbandkonzeption: Sven Lychatz
Titelbild: Sven Lychatz
Lektorat: Teresa Merfert, Stefanie Stöhr
Druck und Bindung: winterwork, Borsdorf

Heinrich Peuckmann

# Das Pendel

Kriminalroman

Lychatz Verlag

# 1.

Kurz bevor die Frau das einsame Fabrikgelände betrat, schauerte es noch einmal heftig. Für ein paar Minuten flüchtete sie unter einen Baum, der am Rande des dunklen Weges stand. Aber ihre Jeans und die kurze, blaue Jacke waren trotzdem nass geworden. Ihre pechschwarzen Haare klebten am Kopf.

Es war ein langer Weg gewesen, den sie bis in dieses still gelegte Fabrikgelände zurücklegen musste, denn sie hatte kein Auto. Zuerst hatte sie ihren Stadtteil verlassen, war dann eine Zeitlang einen holprigen Weg an einer Eisenbahnlinie entlang gelaufen und wegen des Regens unter dem Baum stehengeblieben. Als sie weiterlief, bog plötzlich ein Gleis ab und führte zu den verlassenen Fabrikgebäuden. Man konnte dem Gleis ansehen, dass es schon lange nicht mehr befahren wurde. Überall zwischen dem Schotter wucherte das Unkraut.

Einen Moment lang blieb sie stehen, starrte auf die überwucherten Schienen und hob dann den Kopf. Grau und still lagen die Fabrikgebäude in der einbrechenden Dämmerung vor ihr. Vor allem die unglaubliche Stille war es, die sie beunruhigte. Eine Stille, die sie zuletzt, fernab von hier, in ihrer Kindheit erlebt hatte. Damals war sie an der Hand ihres Vaters durch die Wüste gewandert. Wenn sie stehen geblieben und ihre Schritte im Sand nicht mehr gehört hatten, war es genauso totenstill gewesen wie jetzt. Nur der leise Wind, der

knisternd die Sandkörner vor sich hergetrieben hatte, war zu vernehmen gewesen. Aber dazu hatte man schon genau hinhören müssen.
Komisch, dass sie sich gerade jetzt daran erinnerte, dachte sie. Ob das etwas zu bedeuten hatte?
Zweifel waren ihr gekommen, ob sie wirklich weitergehen sollte. Sie fürchtete sich vor einsamen Orten, schon als Kind war das so gewesen. Ohne ihren Vater wäre sie niemals den Weg durch die Wüste gelaufen.
Neben dem Gleis führte eine schmale Kopfsteinpflasterstraße zu dem Gelände hinüber. Auch diese wirkte kaum befahren, überall lagen vertrocknete Blätter und Zweige herum. Ein paar Mal atmete sie tief durch, dann ging sie weiter. Es nutzte nichts, sie musste es tun. Es ging um ihr Leben, sie hatte es selbst so gewollt.
Während sie weiterging, blickte sie starr auf die Fabrikgebäude. Gab es dort etwas, das ihr merkwürdig vorkam? Etwas, das sie im letzten Moment davor warnte, nicht in eine Falle zu tappen? Sie spielte mit hohem Einsatz, das wusste sie. Aber es ging nicht anders. Sie hatte hin und her überlegt, doch eine andere Lösung war ihr nicht eingefallen.
Aber sie hatte sich abgesichert. Das, was sie gleich vorzeigen wollte, hatte sie noch mal abgespeichert. Nur sie wusste wo.
Alles blieb ruhig, als sie das Gelände betrat. Sie atmete auf und suchte sich einen Platz unter dem Vordach einer Laderampe. Hier war sie geschützt vor weiterem Regen, außerdem im Schatten und nicht sofort zu

erkennen. Das gab ihr die Chance abzutauchen, falls etwas Unvorhergesehenes passieren sollte.
Die Dämmerung ging schnell in völlige Dunkelheit über, nach kurzer Zeit konnte sie das Fabrikgebäude auf der gegenüberliegenden Seite nur noch schemenhaft erkennen.
Aus dem Loch einer Dachrinne tropfte der Regen, sie zählte im Rhythmus der Tropfen leise mit: eins, zwei, drei …
Nein, sie war es nicht gewesen, die diesen Ort für die Begegnung bestimmt hatte. Bis heute Morgen hatte sie den Ort gar nicht gekannt und lange gebraucht, um sich den Weg hierher erklären zu lassen. Von sich aus wäre sie niemals auf die Idee gekommen, sich an so einem einsamen Ort zu treffen.
Ihr wurde mulmig zumute, als sie daran dachte. Vielleicht war es doch keine gute Entscheidung gewesen, sich darauf einzulassen. Sie war ganz allein hier, ohne Hilfe im Notfall. Ob sie noch wegrennen sollte, zwischen den Fabrikhallen hindurch über die angrenzende Brache, egal wie glitschig der Boden durch den Regen geworden war? Noch blieb Zeit. Irgendwo, in zwei-, dreihundert Metern Entfernung, würde sie bestimmt auf eine Straße treffen, und von dort …
Nein. Sie schüttelte den Kopf. Sie war es ja gewesen, die auf das Treffen gedrängt hatte, es war wichtig, dass es stattfand. Nur so würde sie den Weg in das Leben finden, das sie führen wollte. Sie musste durchhalten, koste es, was es wolle.

Plötzlich verdrängte donnernder Lärm die Stille. Sie zuckte zusammen, wollte im ersten Moment wegrennen, schaffte es aber nicht, sich aus der Erstarrung zu lösen. Erst nach zwei, drei Sekunden begriff sie, dass es ein vorbeifahrender Zug war, der den Lärm verursachte. Sie atmete auf. In dieses Industriegelände fuhr zwar kein Zug mehr, aber die Gleise dort drüben wurden noch befahren. Wenn auch selten, wie sie jetzt feststellte. Sie hätte damit rechnen müssen.

Es musste ein Güterzug sein, der langsam vorbeirollte und der gar nicht zu enden schien. Immer mehr Waggons rollten vorüber. Der unerwartete Lärm kam ihr angesichts der bisherigen Stille übermächtig vor. Sie wollte sich die Ohren zuhalten, als es ihr plötzlich so vorkam, als würde sich in den Lärm des Zuges noch ein anderes Geräusch mischen. Gespannt blickte sie in Richtung Zufahrtsstraße, über die sie eben gekommen war. Bewegte sich da etwas? Aber sie konnte nichts erkennen, die Straße lag in tiefer Dunkelheit. Endlich war der letzte Waggon vorbeigerollt, der Lärm entfernte sich in der Nacht und die Regentropfen waren wieder zu hören.

Sie lauschte angestrengt. Nein, da war kein anderes Geräusch, alles war wieder so still wie vorher.

Es ging auch gar nicht, dass jemand gekommen war, dachte sie. Alles hier war stockfinster, jeder ankommende Autofahrer müsste Licht anschalten, um den Weg zu finden. Sie atmete auf und blickte auf die Leuchtziffern

ihrer Uhr. Es war Viertel vor neun, genau die Zeit, zu der das Treffen stattfinden sollte.
Warum war noch niemand gekommen, fragte sie sich. Die andere Seite musste auch ein Interesse daran haben, dass es stattfand.
Sie trat ein wenig aus ihrem Unterschlupf hervor. Vielleicht war es ja besser, wenn sie sich zeigte, dachte sie. Dann könnte sie jeder, der ankam, sofort entdecken und sie könnte ihm vorzeigen, was sie vorzeigen wollte. Dann wäre das Gespräch schnell beendet, sie könnte nach Hause gehen und das Leben beginnen, das sie leben wollte.
Gerade in dem Moment, in dem sie einen weiteren Schritt vorgehen wollte, flammten plötzlich Scheinwerfer auf. Einen Moment lang stand sie geblendet in dem gleißenden Licht. Also war vorhin doch jemand gekommen, schoss es ihr durch den Kopf. Jemand, der den Weg in dieses Gelände auch ohne Licht gefunden hatte. Aber warum, warum hatte sich diese Person so heimlich angeschlichen?
Sie hielt eine Hand vor die Augen, um etwas zu erkennen. Aber sie konnte nichts anderes sehen als die grell aufleuchtenden Scheinwerfer, die ihr Tränen in die Augen trieben.
Nein, da stimmte etwas nicht, das hatte sie jetzt begriffen. Da war jemand gekommen, der es nicht gut mit ihr meinte. Fast kam es ihr so vor, als würden die Scheinwerfer seine böse Absicht ausstrahlen. Sie rannte hinüber zur anderen Seite, um dem Scheinwerferlicht zu

entkommen. Aber im selben Moment wurde der Motor angelassen, das Fahrzeug bewegte sich und die Scheinwerfer behielten sie in ihrem Bannkreis. Sie wandte sich um, rannte hinein in das Gelände. Das Motorengeräusch folgte ihr und der Lichtkegel um sie blieb bestehen.
Verzweiflung überkam sie. Verdammt, was sollte das bedeuten? Sie wollte weg hier, raus aus dem Scheinwerferlicht. Eintauchen in die Schwärze der Nacht. Aber es gelang ihr nicht. Der Boden war tief und schlammig, immer wieder rutschte sie beim Laufen aus. Immer gnadenloser, so schien es ihr, hielt das Licht sie gefangen.
Dann blieb der Wagen plötzlich stehen. Das Geräusch hinter ihr wurde leiser, während sie weiter rannte und kaum noch Luft bekam. Als ihr das Motorengeräusch weit genug entfernt schien, blieb sie stehen und drehte sich um. Wurde jetzt doch alles gut? Würde das Gespräch, bei dem sie ihre Argumente zeigen konnte, doch noch stattfinden?
Sie starrte hinüber zu den Scheinwerfern, die ihr so bedrohlich vorkamen wie vorhin. Nur noch leise summte der Motor, übertönt von ihrem keuchenden Atem.
Los jetzt, dachte sie, komm. Lass uns doch endlich reden.
In dem Moment ertönte ein Knall. Kurz und trocken. Im selben Moment spürte sie einen stechenden Schmerz in ihrer Brust.
Was ist das denn?, dachte sie. Hatte da jemand geschossen? Und der Schmerz in meiner Brust, hatte der etwas damit zu tun?

Sie griff zu der Stelle, an der sie ihn verspürte, und fühlte eine warme Flüssigkeit. War das ihr Blut? Mein Gott, wenn das ihr Blut war, war sie getroffen worden. Wer weiß, wie schwer. Sie merkte, wie ihr schwindlig wurde. Wie sich alles um sie herum zu drehen begann und sie es nur mit Mühe schaffte, sich auf den Beinen zu halten. Das Atmen fiel ihr schwer, sie musste husten. Es war ein trockener, rasselnder Husten.
Sie versuchte nach etwas in ihrer Nähe zu greifen, aber da war nichts als Leere. Langsam verlor sie das Gleichgewicht und begann nach vorn zu stürzen. Um sich abstützen zu können, streckte sie die Arme vor. Da ertönte ein zweiter Knall, den sie nur noch hörte. Ohne Schmerz.
Ihr wurde schwarz vor Augen. Tiefschwarz wie noch in keiner Nacht. Und dann war nur noch Stille um sie, endlose, abgrundtiefe Stille.

Nach dem Sturz der Frau geschah eine Zeit lang nichts, dann löste sich plötzlich ein Schatten aus dem Lichtkegel. Er lief hinüber zu der Frau, verharrte einen Moment vor ihr und starrte sie an.
Ja, sie war tot. So viel war sicher. Spätestens der zweite Schuss hatte ihr Leben ausgelöscht.
Gut so, dachte der Schatten. Jetzt fehlte noch eines. Er beugte sich zu der Frau hinunter, durchsuchte ihre Jacke und befühlte ihre Hosentaschen. Da war es. Da war das, was unbedingt mitgenommen werden musste, weil niemand es sehen durfte.

Er hielt es in der Hand. Gut so, dachte der Schatten wieder. Jetzt ist alles klar. Jetzt ist es wieder so, wie es sein musste. Es hatte eine Störung gegeben, unangenehm, aber behoben. Und die Frau, die dort lag? Kein Grund sich über sie aufzuregen. Sie hatte es sich selbst eingebrockt. Warum sollte man sie bedauern?

Der Schatten lief zurück zum Auto, das im nächsten Moment gewendet wurde. Dann wurde das Licht ausgeschaltet und das Auto fuhr langsam in völliger Dunkelheit davon. Nur das leise Summen des Motors war zu hören, sonst war nichts von dem Auto zu bemerken. Erst als es in den Weg am Bahndamm eingebogen und dort gut hundert Meter gefahren war, wurde das Licht eingeschaltet. Ein normaler Autofahrer, der über einen Schleichweg zur Hauptstraße fuhr, so sah es aus. Und genau das war der Eindruck, den ein zufälliger Beobachter bekommen sollte.

## 2.

Bernhard Völkel saß allein am Frühstückstisch in seiner Dortmunder Wohnung. Er hatte sich ein Ei gekocht, das in einem Becher neben seinem Teller stand und mit dem er das Frühstück beenden wollte. Vorher wollte er ein Körnerbrötchen essen, die eine Hälfte mit Wurst belegt und die andere mit Marmelade bestrichen. Dazu wollte er die Zeitung lesen, die er bequem auf einem zweiten Stuhl vor sich ausgebreitet hatte. Es

sollte ein gemütliches Frühstück werden, genau so, wie er es liebte.
Vor allem interessierten ihn die Lokalnachrichten und dabei hauptsächlich jene über die Verbrechen, die am Tag zuvor in der Stadt begangen worden waren. Bis vor acht Wochen war es nämlich sein Beruf gewesen, diese Verbrechen aufzuklären. Bis dahin war er Hauptkommissar bei der Dortmunder Kripo gewesen. Das hieß, die Zeitangabe acht Wochen stimmte nicht ganz. Vor acht Wochen war er pensioniert worden, frühzeitig, mit 58 Jahren. Aber schon in den Monaten vorher war er nicht mehr auf Verbrecherjagd gegangen, weil er lange im Krankenhaus gelegen und danach eine Kur angetreten hatte.
Gut, sie hatten ihn zusammengeflickt und wieder aufgerichtet, sodass er seinen Tagesablauf wieder normal bewältigen konnte. Aber seinen Beruf konnte er nicht mehr ausüben. Von einem Moment zum anderen hatte sein Leben eine Wendung erfahren, mit der er niemals gerechnet und bei der er keine Zeit gehabt hatte sich darauf einzustellen, bis heute nicht.
Es war ein simpler Routineeinsatz gewesen, der diese Veränderung bewirkt hatte. Nicht im Traum hätte er vorher daran gedacht, dass er völlig aus dem Ruder laufen könnte. Sie hatten einen Tipp bekommen, dass ein neuer Dealer in der Nordstadt sein Unwesen trieb. Ein anonymer Tipp natürlich, aber vermutlich hatte er von einem jener Dealer gestammt, die sich dort bisher den Markt teilten. Konkurrenz war unbeliebt,

die Marktgesetze funktionierten auch in Verbrecherkreisen. Es sollte sich um einen Bulgaren handeln, hatten sie erfahren. Was sie nicht wunderte. Aus Bulgarien waren in den Monaten vorher Frauen eingewandert, die begonnen hatten, den Straßenstrich an der Ravensberger Straße zu dominieren. Und in ihrer Folge waren dann auch Männer aufgetaucht, bulgarische Zuhälter vor allem, aber wohl auch Typen, die von Dealerei lebten. Aus Sorge vor weiterer Kriminalität hatten Polizei und Ordnungsamt der Stadt fieberhaft an einem Konzept gearbeitet, das den Straßenstrich austrocknen sollte. Der Hinweis auf den Dealer passte zu ihren Befürchtungen. Am Nordmarktpark, direkt gegenüber einer Grundschule, sollte er sein Unwesen treiben. Der Zusammenhang mit der Schule war es gewesen, der sie sofort handeln ließ.

Kinder aus der Nordstadt, noch dazu welche im Grundschulalter, sahen zwar schon genug Dinge, die ihnen erspart bleiben sollten, aber Dealerei musste nicht unbedingt dazu kommen. Deshalb hatten sie sich auf die Lauer gelegt und den Typen schon nach ein paar Stunden entdeckt. Er war gerade dabei gewesen zwei Jugendliche anzumachen, die sofort begriffen, was er ihnen da anbot, aber nichts von ihm kaufen wollten. Der Typ schien wirklich neu im Geschäft zu sein, denn bei den Profi-Dealern lief die Sache anders. Die warteten an irgendeinem Ort und ließen sich von ihren Kunden ansprechen. Dass jemand von sich aus das Zeug anbot, noch dazu öffentlich, war völlig neu. So etwas musste ja Aufsehen erregen, was die Szene stets vermied. Kein Wunder, dass die Konkurrenz verärgert reagiert und ihn bei der Polizei denunziert hatte. Vielleicht war es dieses dilettantische Vorgehen gewesen, das Völkel unvorsichtig werden ließ. Bei dem Typ musste es sich ja um einen Anfänger handeln, noch dazu um einen dämlichen.

Mit seinem jüngeren Kollegen Schober war er zu dem Dealer hinübergelaufen, ohne dass sie ihr Vorgehen groß besprochen hatten. Der Dealer hatte tatsächlich im Nordmarktpark zwischen den Blumenbeeten gestanden. Sie hatten ihn angerufen, der Typ war weggerannt. Auch in diesem Moment hatte Völkel nicht eine Sekunde lang an eine besondere Gefahr gedacht. Das Weglaufen hatte nichts zu bedeuten, sie würden ihn kriegen, zur Not mit Hilfe von Streifenwagen, die Schober über Handy anforderte. Eine Verzögerung der Festnahme, nichts weiter, genau das war es gewesen, was er gedacht hatte.

Er selbst war hinter dem Typen her gerannt, quer durch den Nordmarktpark, hinein in die Braunschweiger Straße, und er hatte gemerkt, dass er dem Dealer, der mit seinem pechschwarzen Haar und der brauen Haut wirklich ein Bulgare zu sein schien, immer näher kam. Na also, hatte er gedacht, das läuft doch. Wenn selbst so ein alter Mann wie ich diesen Typen einholen kann … Aber da war der Typ einfach auf dem Bürgersteig stehen geblieben und hatte sich umgedreht. Weit und breit war kein Mensch zu sehen gewesen.

Völkel war weitergelaufen. Klar, der Typ hatte gemerkt, dass er keine Chance hatte und gab auf. Aber als er nur noch vier, fünf Meter von dem Mann entfernt war, hatte er an dessen blitzenden Augen gemerkt, dass etwas nicht stimmte. Der Typ hatte nicht aufgegeben, es war etwas anderes, das er plante. Im selben Moment hatte er die Pistole in der Hand des Dealers bemerkt, einen kleinen Revolver, direkt auf sich gerichtet. Völkel hatte abgestoppt und völlig überrascht auf die Pistole gestarrt. Im Nachhinein wusste er nicht mehr, wie lange die anschließende Szene gedauert hatte. Waren es Sekunden gewesen oder nur Bruchteile davon? Er hatte später immer wieder an diese Szene zurückgedacht, aber jedes Zeitgefühl für sie verloren. Plötzlich hatte es einen lauten Knall gegeben und Völkel hatte immer noch nicht kapiert, dass dieser Knall eine radikale Veränderung in seinem Leben bewirken würde, dass er beinahe sogar sein Leben ausgelöscht hätte. Er konnte sich noch erinnern, dass er, beinahe wie in Zeitlupe, zu Boden stürzte, dass alles um ihn herum verschwamm und schließlich sein Bewusstsein schwand.
Wach wurde er erst Tage später in den Dortmunder Kliniken. Er schlug die Augen auf, sah den sterilen Raum, in dem er sich befand, und schließlich die verweinten Augen seiner Tochter Kathrin.
Was will die denn hier, hatte er zuerst gedacht. Was hat die denn mit meiner Arbeit zu tun?
Erst nach und nach, nicht zuletzt durch die Erklärungen von Kathrin, war ihm klar geworden, was passiert

war. Vier Tage hatte er im Koma gelegen, vier Tage lang hatten die Ärzte um sein Leben gekämpft und seine Tochter Kathrin hatte an seinem Bett auf der Intensivstation ausgeharrt. Zwischendurch war auch oft sein Sohn Rolf gekommen, aber als er aufwachte, war der gerade auf der Arbeit gewesen.
An der Erleichterung seiner Tochter hatte er gespürt, in welcher Gefahr er sich befunden hatte.
Als sie ihm auf seinen Wunsch einen Spiegel hinhielt, war er erschrocken gewesen. Sein ohnehin hageres Gesicht war noch schmaler geworden, sein Haar, in dem es zwischen den ergrauten Stellen immer noch ein paar dunkle Spitzen gegeben hatte, war komplett ergraut, seine Augen traten übergroß hervor. Er brauchte einen Moment, um zu begreifen, dass es sein Spiegelbild war, das er vor sich sah, dann bat er seine Tochter, den Spiegel wegzulegen.
Zuerst hatte er geglaubt, dass er bald wieder zur Arbeit gehen könnte, nach zwei, drei Wochen Erholung natürlich, aber nach wenigen Tagen, als er schon wieder aufstehen durfte, hatten unvermittelt die Panikattacken eingesetzt. Ganz plötzlich hatte er zu zittern begonnen, war ihm der Schweiß ausgebrochen und es hatte ihm die Kehle zugeschnürt. Verzweifelt hatte er nach Luft geschnappt. Auch dann noch hatte er geglaubt, das würde vorüber gehen, aber die Panikattacken hatten sich in kurzen Abständen wiederholt, und in der Reha erklärten ihm die Ärzte schließlich, dass es unverantwortlich sei, ihn wieder zur Arbeit zu schicken, auch wenn sie mit

der Zeit nachlassen würden. Ganz plötzlich könnten die Attacken wieder auftreten und was dann passieren würde, vor allem, wenn es gerade während eines Einsatzes geschähe, könnte er sich wohl selbst ausrechnen. Pensionierung also. Er war zuerst wütend gewesen, als er die Konsequenzen begriff, denn er hatte seine Kripoarbeit gern gemacht. Er hatte geglaubt, etwas Sinnvolles zu tun, vor allem hatte sie seinem Tagesablauf Struktur verliehen. Eine Struktur, die er nun allein aus sich selbst heraus entwickeln musste.

Jeden Tag versuchte er das neu. Immer begann er dabei mit einem ausgiebigen Frühstück, das er manchmal bei schönem Wetter nicht in seiner Wohnung, sondern im nahe gelegenen Tierpark einnahm. Im dortigen Café frühstückte er gerne, das Rührei war gut, und er las dabei in der mitgebrachten Zeitung oder in irgendeinem Buch. Philosophie war zu einem Hobby geworden. Ausgerechnet die Philosophie, die er früher für viel zu schwierig gehalten hatte. Danach lief er eine Runde durch den Park. Man kannte ihn dort schon, die Bedienung im Café begrüßte ihn wie einen alten Bekannten, die Zoowärter winkten ihm zu und selbst die Tiere schienen sich an ihn zu erinnern. Zuletzt waren die Tapire zweimal an den Zaun gekommen, als er dort stand, und selbst die Berberlöwen schienen vertraut zu ihm herüberzublinzeln, wenn er ans Gitter trat. Es waren keine echten Berberlöwen, er hatte es nachgelesen, sondern Rückzüchtungen. Die wirklichen Berberlöwen waren längst ausgestorben.

Natürlich, auch das war ihm klar, reagierten die Tiere nicht auf ihn, er bildete sich etwas ein, aber warum sollte er das nicht tun? Es störte niemanden, und er hatte die Muße dazu.
Kathrin wohnte mit ihrem Sohn, seinem Enkel Patrick, in Düsseldorf und arbeitete als Bürokraft im dortigen Regierungspräsidium. Für die Tage, als er im Koma lag, hatte sie sich Urlaub genommen und Patrick bei einer Freundin untergebracht. Sie hatte sich von ihrem Mann getrennt, schon kurz nach Patricks Geburt. Rolf, sein Sohn, arbeitete hier in Dortmund bei einem Stromkonzern. Auch er war mit seinen 30 Jahren immer noch allein, stellte ihm manchmal eine junge Frau vor, die Völkel aber meistens nur einmal sah und danach nie wieder. In seiner Familie, stellte er mit Wehmut fest, lebten alle allein, selbst seiner Ex-Frau in Bremen ging es nicht besser. Sie war vor gut einem halben Jahr von ihrem Partner, wegen dem sie vor ein paar Jahren nach Bremen gezogen war, verlassen worden. Er hatte sich ein Grinsen nicht verkneifen können, als Kathrin es ihm erzählte und auch sie hatte gegrinst. Danach hatte seine Frau zweimal den Versuch unternommen, wieder Kontakt zu ihm aufzunehmen, aber ihm war nicht danach, sie zu treffen. Als Lückenbüßer wollte er nicht dienen. Selbst Kathrin und Rolf, die ihre Mutter ab und an, wenn auch selten, trafen, verstanden das.
Er blätterte in der Zeitung, es war nichts passiert am gestrigen Montag. In der Innenstadt hatte ein betrunkener Mann seiner Ex-Frau mit einem Messer

aufgelauert und hatte sie bedroht, aber die Situation war durch das umsichtige Eingreifen einiger Passanten entschärft worden. Eine Anklage würde das geben, die wegen mildernder Umstände mit einer Geldstrafe enden würde, für die der Verteidiger schon Gründe finden würde. Er ahnte, wie so etwas ablaufen würde, oft genug hatte er es bei Verhandlungen selbst erlebt. Nichts Besonderes also.
Im Reiseteil fand er einen schönen Bericht über Tauchgebiete in Thailand mit drei Fotos dazu, eines davon, das die Unterwasserwelt mit vielen bunten Fischen zeigte. Er war auch gerne getaucht, aber nicht in Thailand, sondern im Roten Meer vor Ägypten. Sofort wurde er traurig, als er daran dachte. Er hob den Kopf und sah aus dem Fenster in den Garten, wo neben dem Sommerflieder ein kleiner Tisch mit zwei Stühlen davor stand. Bei warmem Wetter saß er gerne dort und las. Seit seiner Pensionierung sogar Kriminalromane, die ihn früher nicht interessiert hatten. Da hatte er beim Lesen einfach nicht abschalten können und nicht dauernd an seinen Beruf und über Fehler bei der Ermittlungsarbeit nachdenken wollen.
Auch das Tauchen war durch die Schusswunde unmöglich geworden. Wenn ihn eine Panikattacke unter Wasser erfassen würde, hatte ihm der Arzt erklärt, wäre das tödlich. So blieben ihm die Erinnerungen an wunderbare Unterwassererlebnisse. An die Begegnung mit Riffhaien, die seelenruhig an ihm vorbeigeschwommen waren, an Delfine und selbst an Dugongs, die seltenen

Seekühe, die es im Roten Meer noch gab. Zweimal hatte er welche gesehen, direkt unter sich, als sie den Meeresboden abweideten.
Er schüttelte den Kopf, als könnte er die Gedanken ans Tauchen dadurch entfernen. Es war am besten, wenn er nicht daran dachte.
Als Ablenkung dienten ihm, wie so oft, die Sportberichte über Borussia Dortmund. Mit einer ganz jungen Mannschaft war sein Lieblingsverein überraschend an die Tabellenspitze gestürmt und war völlig unerwartet deutscher Meister geworden. Ja, das waren jetzt die richtigen Berichte für ihn. Etwas Optimistisches musste er lesen, das für gute Stimmung sorgte, die möglichst den ganzen Tag anhalten sollte.
In diesem Moment klingelte das Telefon. Kathrin, dachte er, wer sonst. Sie will wissen, wie es mir geht. Schön, dass sie sich Sorgen macht um mich.
Er griff nach dem Hörer und verstand, als er eine männliche Stimme vernahm, zuerst nicht, wer ihn anrief. Rolf, sein Sohn, war es nicht. Der Anrufer schien zu begreifen, dass Völkel nicht sofort die richtige Orientierung hatte.
„Sven Schober hier“, wiederholte die Stimme das, was sie schon einmal gesagt hatte, „Mensch Bernhard, hast du mich etwa vergessen?“
Erst jetzt begriff Völkel. „Sven, ach du. Mensch, mit dir hatte ich nicht gerechnet.“
Der Anrufer lachte. „Ist in Ordnung, Bernhard. Ich gebe ja zu, dass mein Anruf überraschend kommt.“

Schober, mit dem er den Einsatz gegen den bulgarischen Dealer erlebt hatte. Sofort waren die Erinnerungen wieder da. Zweimal hatte ihn Schober danach im Krankenhaus besucht, dann war er versetzt worden und der Kontakt zu ihm war abgerissen.

„Ich hatte ja gehofft, dass du bei meiner Verabschiedung dabei sein könntest", sagte Völkel, „aber ich verstehe natürlich, dass es nicht ging. Wo bist du denn gelandet?"

„In Düsseldorf. Haben sie dir das nicht erzählt? Ich habe hier eine Stelle als Hauptkommissar bekommen."

„Doch, kann sein. Aber ich habe es vergessen."

Schober lachte. „Nicht schlimm. Jetzt, wo du raus bist aus der Tretmühle, hast du wahrscheinlich Besseres vor, als an deinen früheren Beruf zu denken."

„Sag das nicht. Ich lese jeden Morgen in der Zeitung von den Fällen, die die Kollegen bearbeiten müssen."

„Dann bist du ja noch in der Spur. Ehrlich gesagt war das ein wenig meine Hoffnung."

Völkel begriff plötzlich, dass Schobers Anruf nichts mit den üblichen „Na-wie-geht´s-dir"-Gesprächen zu tun hatte. Sofort fühlte er eine leichte Anspannung, eine Mischung aus Vorsicht und gleichzeitigem Interesse.

„Wie läuft es denn im neuen Job?", fragte er scheinbar ahnungslos.

„Ehrlich gesagt weiß ich das im Moment nicht. Deshalb rufe ich ja an."

Also doch, dachte Völkel, da ist was im Busch.

„Du weißt nicht, wie es in deinem neuen Job läuft? Wie soll ich das denn verstehen?"

Schober lachte. „Na ja, ganz so, wie das klingt, ist es auch nicht. Ich habe da einen Fall, bei dem es gut wäre, wenn ich ein paar Hintergründe wüsste."
„Und du meinst, die könntest du von mir bekommen?"
„Genau."
An Schobers rascher Antwort spürte Völkel dessen Erleichterung, dass er es ihm nicht schwer machte. Aber er war sich nicht sicher, ob das richtig gewesen war. Vorsicht, dachte er. Pass auf, in was für eine Sache du reinschlidderst.
„Weißt du", erklärte Schober, „bei meinen Fragen geht es um dein altes Hobby, das Tauchen in Ägypten."
Völkel konnte es nicht glauben. Hatte Schober etwa seine Gedanken bei der Zeitungslektüre erraten?
„Hast du eine Wasserleiche gefunden?", fragte er, um seine eigene Anspannung zu lösen.
„Eine Leiche schon, aber keine im Wasser. Eine ägyptische Frau ist ermordet worden, jung, sehr hübsch. Und ich wüsste gern ein paar Hintergründe über das Land. Gibt es da vielleicht Bezüge zum Islamismus, was weiß ich. Vielleicht hilft mir das bei der Aufklärung."
„Ich fahre dahin zum Tauchen, das heißt, ich bin deshalb dahin gefahren. Aber damit ist es jetzt auch aus. Was soll ich dir über das Land erzählen?"
„Aber du warst doch da nicht dauernd unter Wasser. Was sonst so passiert in dem Land, hast du doch auch mitgekriegt."
„Du umgekehrt auch. Hast doch im Fernsehen gesehen,

wie sie ihren Diktator Mubarak vertrieben haben. Für tiefer gehende Hintergründe brauchst du einen Islamfachmann."
„Um Gottes Willen, keine Wissenschaftler!", rief Schober. „Die machen mich nur kirre. Ich brauche knappe Informationen, die mir bei der Arbeit helfen, keine Lehrstunde über Islamkunde. Kurz gesagt, ich brauche jemanden, der die Praxis unserer Arbeit kennt und weiß, welche Informationen wichtig sind, und welche ich mir ersparen kann."
Völkel verstand ihn. Es war Schobers erster Mordfall in Düsseldorf, für den er allein verantwortlich war. Und dabei wollte er auf keinen Fall einen Fehler machen, sondern möglichst schnell Erfolg haben. Er selbst hatte damals, als er von einer kleinen Wache im Sauerland nach Dortmund gekommen war, bei seinem ersten Fall genauso getickt.
„Wärst du bereit, mir ein bisschen zu erzählen?"
„Am Telefon?"
„Warum nicht? Aber noch lieber wäre es mir, wenn wir uns treffen könnten."
Sofort spürte Völkel eine Erregung wie zu alten Zeiten, als er selber noch im Getümmel gesteckt hatte. Düsseldorf, warum nicht? Die Sache klang exotisch und er könnte sie mit einem Besuch bei Kathrin verbinden. Er schaute auf die Uhr, kurz vor halb neun war es inzwischen.
„Ist gut", sagte er, „gegen halb elf kann ich bei dir sein. Ich muss vorher noch meine Tochter anrufen, ob ich

bei ihr schlafen kann. Wenn ich schon mal da bin, kann ich das auch privat nutzen."
Sie verabredeten, sich auf einem Parkplatz am Rheinufer zu treffen, den Völkel von früheren Besuchen her kannte. Dann legte er auf.
Kathrin freute sich, als er ihr von seiner Absicht erzählte. „Patrick wird sich auch freuen!", sagte sie. „Du kannst ihn ja morgen zum Kindergarten bringen. Mir würde es helfen, und Patrick würde es stolz machen, seinen Opa vorzuführen, der mal bei der Polizei war. Polizisten stehen bei den Kleinen nämlich im Moment hoch im Kurs, noch höher als Lokomotivführer."
Sie lachte. Völkel war überrascht.
„Wie kommt das denn?"
„Weiß ich nicht, ist einfach so. Kannst die Kinder ja selber fragen."
„Gibt ja doch noch gute Nachrichten", rief er lachend.
Von dem eigentlichen Anlass, weshalb er nach Düsseldorf fuhr, erzählte er ihr noch nichts. Er wusste, dass sie alles tun würde, um ihn davon abzubringen.

## 3.

Kurze Zeit später war er mit seinem alten VW-Bora auf der A1 in Richtung Düsseldorf unterwegs. Wie immer musste er aufpassen, bei Gevelsberg die richtige Ausfahrt auf die nächste Autobahn zu nehmen. Hier hatte er sich schon zweimal verfahren. Er fühlte sich

wohl bei der Fahrt, endlich passierte was. Es war kurz vor halb elf, als er am vereinbarten Parkplatz ankam. Selbstverständlich war es nicht, dass es so gut geklappt hatte. Auf der A1 gab es immer Staus.
Schober wartete schon. Er hatte seinen Golf so geparkt, dass er bei offener Tür und die Beine nach draußen gestreckt einen schönen Blick auf den Rhein hatte. Ein großer Lastkahn zog vorbei. Auf den Rheinwiesen am gegenüber liegenden Ufer saßen in kleinen Gruppen ein paar Sonnenhungrige. Jetzt, wo er es sah, verspürte Völkel auch Lust, sich dorthin zu legen.
Schober hatte sich verändert, merkte er. In Dortmund hatte er gerne Jeansjacken getragen und sich das blonde Haar lang wachsen lassen. Hier trug er zu einer schwarzen Hose ein dunkelgraues Jackett und das Haar war kurz geschnitten. Ja, Düsseldorf schien etwas anderes zu sein als Dortmund. Hier wurde vermutlich mehr auf Äußerlichkeiten geachtet.
Völkel sah an sich herunter, sah seine schwarze Jeanshose und die ausgebeulte Lederjacke. War er überhaupt passend gekleidet für Düsseldorf? Daran hatte er gar nicht gedacht.
Schober freute sich, als er ihn sah. Sofort stand er auf und kam ihm entgegen.
„Schön, dass ich dich überreden konnte."
„Soll ich dir hier, mit Blick auf den Rhein, etwas über Ägypten erzählen?"
Schober lächelte. „Ja, das ist schön hier, nicht wahr?

Wäre so ein Platz in Dortmund, hätten wir uns da auch öfter getroffen."

Sie setzten sich auf die kleine Mauer, die den Parkplatz vom Rheinufer abtrennte, und blickten auf den Rhein.

„Du vermisst Dortmund also nicht."

„Doch, das wundert dich vielleicht, ich vermisse Dortmund. Hier ist ein anderes Klientel, feinere Leute, vornehme Haltung. Nicht unsere Schlichtgestalten aus der Nordstadt, die Schwierigkeiten haben, sich halbwegs auszudrücken."

Klar, Völkel nickte. Man sah es Schobers Kleidung an. Für feines Klientel musste man auch fein gekleidet sein.

„Na bitte, dann geht es dir doch hier besser."

„Auf den ersten Blick stimmt das und man lässt sich auch schnell von diesen Leuten blenden. Aber mit der Zeit merkst du, dass vieles vornehmes Getue ist. Dass dahinter umso rücksichtsloseres Verhalten steckt."

Er sah Völkel an. „Ich sehne mich manchmal zurück nach der offenen, gradlinigen Art in Dortmund. Schlichter, blöder, aber immerhin ehrlicher."

Völkel musste lachen. Ja, in Dortmund ging es handfester zu, und er hatte es ebenfalls zu schätzen gelernt. Bis es dann zu dem Schuss gekommen war. Aber das war ja keiner von ihren Dortmunder Jungs gewesen, dafür musste extra einer aus Bulgarien anreisen.

„Dann stell deine Fragen, damit ich dir gradlinig und offen antworten kann."

Schober schüttelte leicht den Kopf. „Am liebsten wäre

mir, wenn du mitfahren würdest zur Pathologie. Wenn du die Tote siehst, fällt dir vielleicht mehr auf."

Er bemerkte Völkels überraschten Blick.

„Komm, wo du schon mal da bist, ist das doch kein großer Unterschied."

Sie fuhren mit Schobers Golf. Kurz darauf standen sie in einem kühlen, sterilen Raum vor der Bahre der Toten. Völkel hatte den Aufenthalt in der Pathologie immer als unangenehm empfunden. Die Kälte, der Anblick der Toten, der leichte Geruch nach Chemikalien und Verwesung, er hatte den Weg in diese Räume, wenn es eben ging, vermieden. Nun war er sogar freiwillig hier, er staunte über sich selbst.

Der Pathologe zog das Tuch ab. Es war ein sehr schönes Mädchen, dessen nackter Körper zum Vorschein kam, das sah er auf den ersten Blick. Sie hatte langes, pechschwarzes Haar, keine schlanke, sondern eine betont weibliche Figur, was ihr einen besonderen Reiz gab. Auf den Lippen befand sich noch ein Rest von Rouge. Es war ein Mädchen zum Verlieben, fand Völkel und spürte Betroffenheit bei ihrem Anblick. Aber das sollte er nicht, dachte er. Nur weil sie hübsch war, musste er sie nicht besonders bedauern. War ein anderes, nicht so hübsches Mädchen etwa weniger wert?

„Daria Fathi heißt sie", sagte Schober. Er schien ebenfalls berührt zu sein, denn er sprach sehr leise, fast andächtig.

Zwei Wunden an der Brust, die eine in Höhe des Herzens und die andere ein wenig tiefer, zeigten, wo sie

getroffen worden war. Sie waren inzwischen vernäht worden, also hatte der Pathologe die Kugeln entfernt.
„Kaliber 7,65", erklärte er. „Eine Walther PKK, nichts Besonderes. Eine Pistole, wie sie viele haben. Oft von den Eltern geerbt."
Völkel nickte, ihm musste er das nicht erzählen. Er trat nahe an die Bahre heran, wollte den Anblick auf sich wirken lassen in der Hoffnung, dass ihm etwas auffallen würde. Aber es fiel ihm nichts auf. Es war ein Mädchen, wenn auch ein schönes, aber nichts weiter.
„Ich weiß nicht, ob das von Bedeutung ist", sagte der Pathologe, „aber Ihr Kollege Brauner hat vorhin angerufen und gefragt, ob wir bei der Toten ein Handy gefunden haben. Aber es steckte keines in der Kleidung."
Schober antwortete nicht, sondern starrte einen Moment lang vor sich hin.
„Brauner ist mein engster Mitarbeiter", erklärte er dann.
Völkel nickte.
„Also das, was ich früher mal für dich war."
Schober lachte, ein bisschen unpassend direkt neben dem toten Mädchen, wie Völkel fand. Aber er war nicht dazu berufen, ihn dafür zu kritisieren. Er hatte es schließlich provoziert.
„Trotzdem." Schober zog die Stirn kraus. „Ein Mädchen ohne Handy ist wirklich ungewöhnlich. Das müssen wir uns merken."
Sie verließen den Raum und setzten sich wieder in Schobers Auto, der aber noch nicht sofort losfuhr.
„Sie ist auf einem alten, verlassenen Fabrikgelände

gefunden worden.", erklärte Schober. „Unklar, was sie da gewollt hat. Vielleicht hatte sie sich verabredet mit dem Mörder. Vielleicht wollte sie irgendwas von ihm, das gefährlich für ihn war, und er hat geschossen."
Völkel nickte. „Gut möglich."
„Sie studiert Kunstgeschichte, ist 24 Jahre alt und lebt in einem Studentenwohnheim in der Nähe der Uni. In einem Wohnheim ausschließlich für Frauen."
Daran, dass Schober wieder ins Präsens wechselte und das Präteritum vermied, merkte Völkel, wie sehr ihn der Tod des Mädchens berührte. Bei manchen von seinen Mordgeschichten, erinnerte er sich, war es ihm genauso ergangen.
„Ich will nicht abstreiten, dass es einen islamistischen Hintergrund geben könnte", sagte er, „aber ich glaube es nicht. Bei den Ägyptern ist das unwahrscheinlich, Fanatismus gibt es dort auch, aber in geringerem Maße als in anderen arabischen Ländern. So wie sie aussieht, scheint sie eine moderne Ägypterin gewesen zu sein. Davon gibt es Gott sei Dank viele in dem Land. An der Protestbewegung gegen ihren Diktator Mubarak hast du ja gesehen, was das für ein Volk ist. Die Ägypter sind ein eher aufgeklärtes Volk, in ihrem Rahmen natürlich."
„Mubarak hat in ihrem Leben eine Rolle gespielt, wie ich gestern Abend aus einem Telefongespräch mit ihrem Vater erfahren habe."
Schober atmete tief durch, bevor er fortfuhr.
„Ich habe selten einen so verzweifelten Vater erlebt", sagte er dann. „Ein Übersetzer hat alles übersetzt, aber

auch der hat immer wieder schlucken müssen, während er mir die Aussagen der Vaters vortrug. Der Mann ist Rechtsanwalt, deshalb konnte er das Auslandsstudium seiner Tochter bezahlen. Zu Anfang jedenfalls. Aber dann hat er vor Gericht irgendwas gegen Mubarak gesagt oder einen Klienten vertreten, der was gegen den Diktator sagte, und schon hatte er sich mit dem Regime überworfen. Danach bekam er kaum noch Aufträge und verdiente fast nichts mehr. Deshalb hat er seine Tochter vor ein paar Wochen angerufen und sie gebeten, zurückzukommen. Er könne ihr Studium nicht mehr bezahlen, hat er ihr erklärt, aber sie hat nicht gewollt. Sie wollte ihr Studium unbedingt zu Ende bringen. Aber jetzt, nach dem Sturz des Diktators, verdient er wieder. Er wollte seine Tochter in den nächsten Tagen anrufen, hat er erzählt, und ihr mitteilen, dass sie doch in Düsseldorf bleiben könne. Er hätte sich so darauf gefreut, seiner Tochter diese glückliche Mitteilung machen zu können, und jetzt ist sie tot. Ich habe selten einen Mann erlebt, der so bitterlich geweint hat. Minutenlang konnte er nicht weiter reden, und wir hörten nur noch sein Schluchzen. Es hat nicht viel gefehlt, dann wäre es mir genauso ergangen. Wenn sie doch sofort nach Hause gekommen wäre, hat er zwischendurch gerufen, wenn sie doch auf mich gehört hätte, dann würde sie noch leben."

Völkel spürte eine tiefe Beklemmung. Ja, das Leid der Angehörigen, wenn er ihnen eine Todesnachricht überbringen musste, hatte ihn auch immer bewegt.

Manchmal war er das bedrückende Gefühl nach so einem Gespräch wochenlang nicht losgeworden.
„Wenn der Vater Rechtsanwalt ist und noch dazu gegen Mubarak war, ist das bestimmt eine aufgeklärte Familie. Dann hat das nichts mit Islamismus zu tun. Ein modisches Mädchen wie sie, mit schöner Frisur und Rouge auf den Lippen passt auf keinen Fall dazu."
„Und wenn sie irgendwelchen Fanatikern zu westlich war und sie sie deshalb verfolgt haben?"
„Wem denn? Ihrer Familie bestimmt nicht."
„Aber irgendwelchen anderen Fanatikern?"
„Das würde bedeuten, dass sie sich mit solchen Leuten eingelassen hat und sie in ihrem Umfeld eine Rolle spielten. Danach sieht sie aber nicht aus. Wenn du einen Tipp von mir haben willst, rate ich dir, den Mörder woanders zu suchen."
Schober nickte. „Im Grundsatz ist das auch meine Überlegung. Ich wollte nur sicher gehen."
„Du wolltest deinen ersten Mordfall so angehen, wie wir es in Dortmund gemacht haben." Völkel schmunzelte. „Wir beide zusammen im Büro oder in einem Café, dann haben wir alle Fakten zusammengetragen und solange hin und her überlegt, bis wir eine Richtung hatten. Das meinst du doch, oder?"
Schober starrte einen Moment lang vor sich hin. „Kann sein", sagte er dann. „Wäre es schlimm, wenn es so wäre?"
Völkel klopfte ihm auf die Schulter. „Gar nicht. Es hat mich aus meinem alltäglichen Trott gerissen. Ist

eher so, dass ich mich bei dir bedanken sollte, als umgekehrt."
Schober lächelte. „Schön, dass du es so siehst. Hast du dann auch Lust, bei Befragungen im Studentenwohnheim dabei zu sein?"
Völkel überlegte. Kathrin war in den nächsten Stunden noch in ihrem Büro, Patrick bei seiner Tagesmutter.
„Warum nicht!", antwortete er.

## 4.

Es war ein rechteckiger, vierstöckiger Kasten, zu dem sie kamen. Die Vorderfront zeigte einen stetigen Wechsel zwischen Fenster und großer Glastür, vor der sich jeweils ein kleiner Balkon befand. Die meisten der Fenster hatten eine bunte Gardine, wenige nicht. Es war ein Zweckbau, nicht darauf angelegt, schön darin zu wohnen, sondern möglichst viele Studentinnen unterzubringen.
Im Eingangsbereich gab es einen kleinen Schalter, hinter dem der Hausmeister sein Büro hatte. Er saß an seinem Schreibtisch vor einem Computer, als sie ankamen. Sie klopften.
„Ja", sagte er, als sie sich vorgestellt hatten, „die Daria war ein freundliches Mädchen. Und so hübsch. Wenn sie mal einen Wunsch an mich hatte, hat sie mich immer höflich gefragt, ob ich das erledigen könnte, und nie etwas gefordert." Er sah sie an. „Da sind manche Damen in diesem Hause ganz anders."

Mehr, erklärte er ihnen, wüsste er nicht. Es seien 120 Studentinnen, die in diesem Hause lebten, da könne er nicht auf jede einzelne achten. Außerdem sei er der Hausmeister und nicht der Ersatzvater. Die Mädchen seien erwachsen, sie müssten selber wissen, was sie für richtig hielten und was nicht.

Ob er dann auch nicht auf Männerbesuch achte, wollte Schober wissen.

Er achte darauf, dass die Nachtruhe eingehalten würde, alles andere ginge ihn nichts an.

Völkel nickte zufrieden. Wenn es wirklich so war, fand er es ganz in Ordnung.

Der Hausmeister gab ihnen den Schlüssel zu Darias Zimmer.

„Nummer 217, zweiter Stock.", sagte er.

Schober war noch nicht da gewesen, auch nicht die Spurensicherung. Ging ja auch gar nicht anders, sie hatten bisher genug zu tun gehabt mit dem Tatort.

Das Zimmer, das sie betraten, erinnerte Völkel an Kathrins Zimmer zur Zeit seiner Ehe. Ein Schreibtisch am Fenster, Stofftiere darauf, dazu ein Computer, den Kathrin zuletzt auch gehabt hatte. Links vom Schreibtisch stand ein Bett, daneben ein Schrank. An den Wänden hingen Poster, jedoch mit anderen Motiven, als seine Tochter sie bevorzugt hätte. Ein Poster mit den Pyramiden war dabei, allerdings nicht besonders groß. Größer waren die Poster mit Bildern von Raffael, Velasquez und anderen Malern. Es war das Zimmer einer Kunststudentin, die ihr Fach zu lieben schien. Vor allem aber war es ein aufgeräumtes Zimmer, was man von Kathrins Zimmer nicht immer sagen konnte.

Während Schober in den Papieren auf dem Schreibtisch blätterte und ihn zwischendurch auf eine begonnene Seminararbeit über die Malerei in der Renaissance aufmerksam machte, stöberte Völkel in ihrem Schrank. Schicke, aber normale Kleidung fand er dort, nicht besonders viel, das Mädchen musste wohl sparsam sein. Bis er eine Schublade aufzog und heiße Dessous vorfand. Tangaslips in Schwarz, Rot, Flieder, BHs in gleichen Farben, die fast nichts bedeckten. Einen Moment starrte er darauf, nahm auch einen Slip, an dem das Preisschild noch befestigt war, kurz in die Hand, schob die Schublade dann aber schnell wieder zu. Er musste an Kathrin denken. Sie hatte ab siebzehn oder achtzehn auch begonnen, ihre Dessous vor ihm zu verheimlichen und sie deshalb selbst gewaschen. Natürlich hatte er sie auf der Wäscheleine trotzdem gesehen, aber ihre Diskretion war ein Zeichen gewesen, dass sie mit ihm darüber nicht sprechen wollte.

Völkel nahm es jetzt auch als Zeichen. Dieses war ein modernes, durch und durch westliches Mädchen gewesen, wie auch ihr Studienfach zeigte. Nach ihren Dessous zu urteilen war sie sogar sehr westlich. Nein, da war nichts von einem islamistischen Hintergrund, nach dieser Entdeckung konnte er sich so etwas erst recht nicht mehr vorstellen.

In einer Mappe, die neben dem Schreibtisch stand, fanden sie Aquarelle, signiert mit den Buchstaben D und

F, also von ihr gemalt. Es waren Landschaftsbilder, Hauptmotiv war dabei der Rhein, in verschiedenen Farben und bei unterschiedlichem Wetter gemalt. Völkel spürte die Stimmung, die sie beim Malen empfunden haben musste.

Er gab das Durchstöbern des Zimmers auf. Hier gab es nichts zu finden, das etwas mit dem Mord zu tun hatte, glaubte er. Schober schien es genauso zu sehen.

„Ich glaube, hier kommen wir nicht weiter. Soll die Spurensicherung das untersuchen."

Völkel nickte. „Aber in diesem Haus muss es Leute geben, die sie gekannt haben. Was hältst du davon, wenn wir da ansetzen?"

Früher hätte er einfach nur gesagt: Lass uns da ansetzen. Aber Schober war jetzt der Chef, es galt, seine neue Rolle zu respektieren. Gleichzeitig merkte er, wie er sich selbst in die Ermittlungen mit einbezog. Schober schien sich nicht daran zu stören, er nickte.

Auf dem Flur kamen ihnen zwei Studentinnen entgegen, eine sah deutsch aus, die andere war unverkennbar Asiatin. Ob Japanerin oder Chinesin, konnte Völkel nicht mit Sicherheit sagen, dazu kannte er sich mit diesen Gesichtern zu wenig aus. Die Deutsche sah ihnen interessiert entgegen, Völkel sprach sie an.

Ja, sie habe Daria gekannt, sagte sie, während das asiatische Mädchen nur kurz zuhörte und dann einfach weiterging. Ihr Tod hätte sich heute Morgen wie ein Lauffeuer im Heim herumgesprochen, sie wäre noch immer betroffen von der Nachricht. Genaues über

Daria wusste aber auch sie nicht. Immerhin erzählte sie von einer Studentin, die ein Stockwerk höher wohnte. Klara, so hieße die Studentin, sei ihre Freundin gewesen, sagte sie, die könnte ihnen bestimmt weiterhelfen. „Zimmer 309", fügte sie hinzu.
„Entschuldigen Sie, wenn ich das frage", sagte Völkel. „Ihre Freundin eben, war das eine Japanerin oder eine Chinesin? Es ist nur, weil ich mich das gerade gefragt habe."
„Eine Japanerin", antwortete die Studentin.
„Und können Sie uns noch Ihren Namen sagen, falls wir weitere Fragen haben?"
„Sarah Willert." Dann ging sie weiter.

Klara war in ihrem Zimmer, mit verweinten Augen öffnete sie die Tür. Sie schien sofort zu begreifen, wer sie waren, und bat sie ins Zimmer.
Es war ähnlich eingerichtet wie das des Mordopfers. Schreibtisch mit Computer am Fenster, Poster an den Wänden, wenn sie bei ihr auch andere Motive zeigten, vor allem solche von Rockbands und irgendwelchen Models, die Völkel nicht kannte.
Komisch, dass sich jemand wie sie ausgerechnet Modelbilder an die Wand hängt, dachte Völkel, denn besonders hübsch war sie nicht. Sie hatte ein rundes Gesicht mit dem Ansatz zum Doppelkinn, ihr Körper wirkte gedrungen. Auf keinen Fall war sie ein Modeltyp.
Es gab nur zwei Stühle in ihrem Zimmer, deshalb fragte Völkel, ob er sich auf die Bettkante setzen dürfe. Klara nickte.

Ja, Daria wäre ihre Freundin, erzählte sie. Sie hätten sich hier im Wohnheim kennen gelernt, nicht an der Uni. Daria hätte ja Kunst studiert, während sie Germanistik studiere. Nach ihren Seminaren hätten sie sich aber manchmal an der Uni getroffen und noch etwas gemeinsam unternommen.
„Sind Sie in die Disko gegangen?“, fragte Schober.
„Auch, aber selten. Daria liebte es, ins Theater oder Museum zu gehen. Oder einfach nur in ein Lokal.“
„Hat sie dabei Alkohol getrunken?“
Völkel merkte, dass Klara von Schobers Frage überrascht war.
„Ja, Alkohol hat sie auch getrunken, aber wenig. Ich weiß, woran Sie denken, aber Ihre Vermutung trifft nicht zu. Daria war eine moderne Muslimin. Wir haben mal über ihren Glauben geredet. Der Islam wäre nicht altmodisch, hat sie gesagt, er würde nur manchmal weltfremd ausgelegt.“
Völkel fühlte sich bestätigt. Das passte genau zu dem, was er über das Mädchen gedacht hatte. Schober sah es genauso, denn er nickte ihm zu. Eigentlich ist damit mein Auftrag erledigt, dachte Völkel. Ich könnte jetzt zu Kathrins Wohnung gehen, den Hausschlüssel habe ich ja, und es mir dort gemütlich machen. Oder noch besser, könnte ich Patrick frühzeitig von seiner Tagesmutter abholen und ihn zum Eisessen einladen. Der Kleine würde sich bestimmt darüber freuen. Aber es ging ja nicht, jetzt einfach aufzustehen, den beiden die Hand zu drücken und zu verschwinden. Schober schien

dieser Gedanke noch gar nicht gekommen zu sein. In sachlichem Ton stellte er weiter seine Fragen.

„Haben Sie eine Vermutung, wer hinter dem Mord stecken könnte?"

Klara schüttelte den Kopf. „Nein, habe ich nicht. Ich kann mir das überhaupt nicht erklären. In meinen schlimmsten Träumen wäre ich nicht auf den Gedanken gekommen, dass so etwas passieren könnte."

Sie schwieg und kämpfte mit den Tränen.

„Ist Ihnen nichts an ihr aufgefallen, irgendetwas, das anders war als sonst?"

„Doch, in den letzten Wochen war Daria plötzlich anders", antwortete sie.

Völkel merkte, wie die Anspannung in ihm wuchs.

„Zuerst war sie wochenlang ganz still, von einem Tag auf den anderen. Richtig traurig war sie, ganz anders als sonst. Ich fragte sie, warum das so ist, aber sie hat es mir nicht sagen wollen. Einmal ist sie sogar aufgestanden und weggegangen, als ich sie danach fragte. Deshalb habe ich es gelassen, weil ich sie nicht bedrängen wollte, sondern habe versucht, sie aufzuheitern, was mir aber nicht gelang."

Die Nachricht des Vaters, dass er das Studium nicht mehr bezahlen kann und sie nach Hause kommen soll, dachte Völkel. Was anderes kann es nicht gewesen sein, was sie so traurig gemacht hat. Kein Wunder, dass sie gerade ihrer Studienkollegin nichts darüber erzählen wollte. Es wäre ja die Rede vom Ende ihrer Freundschaft gewesen.

„Aber dann war sie wieder die Alte, von einem Tag auf den anderen. Darüber war ich richtig froh. Sie hat wieder gelacht und sie wollte wieder, dass wir zusammen ausgehen. Sie war wieder so wie immer." Mit der neuen Situation ihres Vaters kann das nicht zusammenhängen, dachte Völkel. Er hatte noch gar keine Gelegenheit gehabt, ihr zu sagen, dass er wieder genug Geld verdiente. Also musste etwas anderes dahinter stecken. Aber was? Vielleicht die allgemeine Situation in Ägypten, wo es den Leuten gelungen war, den Diktator nach dreißig Jahren an der Macht zu vertreiben? Unsinn, sie ist ein junges Mädchen und wird sich über die Wende gefreut haben, aber so etwas krempelt doch nicht ihr Leben um. Vielleicht war es etwas, das mit ihrem Tod zu tun hat, dachte er und spürte im selben Moment den Widersinn. Wie sollten Freude und Tod zusammenpassen?

„Und jetzt dies", sagte Klara. Diesmal gelang es ihr nicht mehr, die Tränen zurückzuhalten.

Völkel merkte, dass sie nicht mehr weiterkamen.

„Hatte sie noch andere Kontakte?", fragte er. „Einen Freund zum Beispiel?"

„Ja, den hatte sie, Lukas. Aber da gab es zuletzt auch dicke Luft. Ich weiß nicht, warum."

Sie ließen sich den Namen geben, Lukas Bartels, BWL-Student, und verabschiedeten sich.

Durch Anruf über Handy im Präsidium hatte Schober schnell raus, wo Bartels wohnte. In Bilk, einer vornehmen Gegend. Er fragte gar nicht, ob Völkel mitfahren wollte, irgendwie lief es wieder so wie zu besten Dortmunder Zeiten. Völkel begann, Spaß an der Sache zu entwickeln.

# 5.

Es war ein Einfamilienhaus mit einer Dachgeschosswohnung, vor der sie hielten. Eine etwa fünfzigjährige, schlanke Frau öffnete ihnen. Sie hatte ein faltenloses Gesicht, ihre Haare waren hellblond. Eine attraktive Frau, fand Völkel, was aber durch ihren traurigen Gesichtsausdruck getrübt wurde. Ganz klar, sie war die Mutter von Lukas Bartels, die natürlich von Darias Tod gehört hatte. Deshalb war sie auch nicht erstaunt, als Schober und er sich vorstellten.
„Lukas ist oben in seiner Wohnung", sagte sie und streckte den Finger in Richtung Dachgeschoss. „Er ist sehr traurig."
Sie begriffen es als Mahnung, die Befragung so behutsam wie möglich durchzuführen.
Schon als sie hinter der Frau die Treppe hoch stiegen, hörten sie laute Rockmusik. Sie klang ganz gut, wie Völkel fand.
„Kings of Leon", erklärte Schober. Völkel staunte, dass er so etwas wusste.
Als Frau Bartels die Tür zum Zimmer ihres Sohnes öffnete, wurde der Lärm unerträglich. Jetzt gefiel die Musik Völkel nicht mehr.

„Mach doch mal leise, Lukas!“, schrie die Frau. „Die Polizei will dich sprechen.“
Völkel betrat das Zimmer erst, als die Musik abgestellt war. Er verstand den Jungen ja, sich zuzudröhnen mit Musik war keine schlechte Methode, mit Trauer umzugehen, aber doch alles mit Maß.
Lukas Bartels saß auf der Bettkante, als sie das Zimmer betraten. Offensichtlich hatte er sich vorher auf dem Bett ausgestreckt, der Musik gelauscht und sich seinen Gedanken hingegeben, bevor seine Mutter die Tür öffnete. In einer Ecke stand in einem Ständer eine Gitarre. Die Poster an der Wand zeigten Rockbands, eines davon vermutlich „Kings of Leon“ oder wie die hießen. Aber Völkel sah nicht nur Bilder von Rockbands, sondern auf einem Bücherbrett auch welche von Jugendmannschaften, die sich in einem Handballtor aufgestellt hatten. Also hatte Bartels Handball gespielt oder spielte es noch immer. Sicher der richtige Sport für ihn, denn er war groß, etwa eins neunzig und von kräftiger Gestalt. Die richtige Figur für einen Rückraumspieler. Auf dem Nachtschränkchen entdeckte Völkel noch ein weiteres Foto, das ihn und Daria zeigte, wie sie vor einem roten Golf standen. Das Auto von Bartels, vermutete er, denn er hielt den Autoschlüssel in der Hand. Sie sprachen ihm ihr Beileid aus, er nahm es stumm, mit leichtem Kopfnicken, zur Kenntnis. Schober setzte sich auf den Schreibtischstuhl, Frau Bartels reichte Völkel einen Klappstuhl, der in einer Ecke neben dem Schrank stand. Dann verschwand sie.

Ja, Daria wäre seine Freundin gewesen, erzählte Bartels mit belegter Stimme. Sie hätten viele Pläne für die Zukunft gemacht, sie wäre die Liebe seines Lebens gewesen.
Er stockte, konnte nicht weiterreden, die Trauer schien ihn zu übermannen. Als er kurz darauf fortfuhr, merkte Völkel, dass es nicht nur Trauer war, die ihn bewegte. Seine Stimme hatte plötzlich einen harten, fast aggressiven Tonfall angenommen.
Daria wäre ein lebensfroher Mensch gewesen, erzählte er, sie wäre sehr an europäischer Kunst interessiert gewesen. Das meiste, was er darüber wisse, hätte er von ihr erfahren.
Komisch, dachte Völkel. Ein Mann, der von seiner Freundin schwärmte, ohne dass sie ihn groß darum bitten mussten und dessen Stimme dabei unüberhörbar hart, fast schroff klang. Wie passte das zusammen? War es die tiefe Enttäuschung über den Verlust, vielleicht sogar die Wut darüber, dass sie ihm so grausam entrissen worden war? Oder steckte etwas anderes dahinter?
„Dann studieren Sie also nicht Kunst, so wie Daria?", wollte Schober wissen.
Bartels schüttelte den Kopf. „Nein, ich studiere Betriebswirtschaft im vierten Semester. Wir haben uns gut ergänzt. Sie war der emotionale, kreative Typ, ich mehr der sachliche." Jetzt wurde seine Stimme wieder so brüchig wie am Anfang.
„Hat es zwischen Ihnen und Daria in letzter Zeit Probleme gegeben?", fragte Völkel.

Bartels sah ihn an, als wäre er wie vom Donner gerührt, auch Schober schien von seiner Frage überrascht zu sein.
Na also, dachte Völkel, dann hat mich der Eindruck also doch nicht getäuscht.
Bartels schwieg eine Zeitlang.
„Nein“, sagte er dann, „also Schwierigkeiten …“ Er schüttelte den Kopf, sah zuerst Schober, dann Völkel an. „Aber Daria ist anders geworden in letzter Zeit. Ich weiß auch nicht, was mit ihr los war. Sie wollte mir nicht sagen warum. Dabei hatten wir vorher nie Geheimnisse voreinander gehabt.“
„Steckte vielleicht ein anderer Mann dahinter?“
Wieder dauerte es eine Zeitlang, bevor Bartels antwortete.
„Ich weiß es nicht. Ich wollte es ja rauskriegen, aber Daria hat mir keine Chance gegeben. Je mehr ich sie zur Antwort drängte, desto mehr hat sie sich zurückgezogen.“
Er knetete die Hände, während er das sagte, seine Stimme klang plötzlich nicht mehr hart, sondern weinerlich. Wie dieser große, kräftige Mann da hilflos auf der Bettkante saß, mit hängenden Schultern und den Blick gesenkt, tat er Völkel Leid. Aber er beschloss, trotzdem auf der Hut zu sein. Eifersucht war ein starkes Motiv, das hatte er in all seinen Berufsjahren zur Genüge erfahren.
„Haben Sie sich in dieser Phase so oft getroffen wie früher? Oder gab es Pausen oder hat Daria den Kontakt

ganz zu Ihnen abgebrochen? Wenigstens das müssen Sie doch wissen.“ Völkel merkte selbst, wie jetzt auch seine Stimme aggressiv klang.
In Bartels` Augen schimmerte es feucht.
„Das alles ist nach und nach gekommen“, antwortete er. „Zuerst gab sie an, sie hätte keine Zeit, dann beendete sie unser Treffen früher als sonst, dann wollte sie nicht, dass ich sie besuche.“
„Ihre Freundin Klara hat uns erzählt, dass Daria zwischendurch sehr traurig war“, mischte sich Schober ein.
Bartels nickte. „Ja, das war sie. Aber das war genau die Zeit, in der wir uns besonders gut verstanden. Da hat sie immer gewollt, dass wir uns trafen.“
„Und den Grund für ihre Trauer hat sie Ihnen nicht gesagt?“, warf Völkel ein.
Bartels schüttelte den Kopf.
Das war der Anruf ihres Vaters, dachte Völkel. Sie hatte Angst, dass sie alles verlieren würde, ihr Studium, ihren Freund, all ihre Kontakte.
„Und dann ist es ihr plötzlich wieder besser gegangen.“
„Ob das plötzlich war, weiß ich nicht mehr“, antwortete Bartels. „Jedenfalls wurde sie wieder fröhlicher und ich war froh, dass alles wieder gut wurde.“
„Aber dann begann sie, sich von Ihnen zu distanzieren.“
Völkel schaute Schober an, während er das sagte. Schober nickte. Es war klar, etwas war passiert, das ihr Hoffnung machte, bleiben zu können. Und zwar etwas, das unabhängig von ihrer Familie geschehen war. Aber was es war, durfte sie Bartels nicht erzählen. Ein Liebhaber,

der sie aushielt? Aber weshalb war sie dann umgebracht worden? Bartels hätte doch eher den möglichen Liebhaber umgebracht als sie. An die Möglichkeit, wenn ich dich nicht kriege, soll dich keiner kriegen, glaubte er nicht. Dazu kam ihm Bartels Trauer zu echt vor. Nein, dieses Häufchen Elend auf der Bettkante liebte sie, der hätte ihr nie etwas getan. Und der Liebhaber, wenn es ihn denn gab, warum sollte er es tun?
Da war etwas passiert, von dem sie bis jetzt nicht einmal eine Ahnung hatten. Völkel spürte eine Anspannung wie in alten Zeiten. Er sah Schober an, der schüttelte leicht mit dem Kopf. Keine weiteren Fragen also. Trotzdem, dieser Bartels wusste mehr, als er ihnen gegenüber zugegeben hatte, da war sich Völkel sicher. Und wenn es nur ein vager Verdacht war. Wenn sie weiterkommen wollten, mussten sie ihn auf der Rechnung behalten.
Er stand auf, holte seine Karte raus und reichte sie Bartels. „Falls Ihnen noch was einfällt“, sagte er.
Erst als Bartels die Karte eingesteckt hatte, fiel ihm der Fauxpas auf. Das war allein Schobers Sache, ihm eine Karte zu geben, nicht seine. Aber Schober grinste nur. Dass Völkel vorhatte, sich weiter zu beteiligen, schien ihm zu gefallen.
„Nun meckere schon!“, sagte Völkel, als sie zurück zum Auto gingen. „Ich hab´s verdient.“
„Ich und meckern, warum denn?“
„Weil ich gerade vergessen habe, welche Rolle ich hier spiele.“

„Oh, das ist nicht weiter schlimm. Wenn jemand der Polizei helfen will, kann man das nur loben." Schober grinste breit.
„Wie willst du denn jetzt weiter vorgehen?"
„Ich will mich an der Uni umhören, bei Studenten und Professoren. Vielleicht ergibt sich da etwas. Sie hat sicher mehr Freunde gehabt als diese Klara und den Lukas Bartels. Außerdem müssen wir noch eine Merkwürdigkeit berücksichtigen. Ihr Handy ist weg. Dass sie kein Handy besaß, kann ich mir nicht vorstellen. Irgendwas hat das zu bedeuten. Und was hast du jetzt vor?"
Völkel drehte sich um und sah sich noch mal das Haus an, in dem Lukas Bartels wohnte. In der Einfahrt stand der rote Golf, den er auf dem Foto gesehen hatte.
„Ich glaube, ich muss jetzt erstmal zu meiner Tochter, sonst gibt die noch eine Vermisstenanzeige bei euch auf. Und meinen Sohn muss ich auch anrufen, der weiß noch gar nicht, dass ich hier bin."
Schober nickte. „Ich bringe dich zu deinem Auto."
Kurz darauf waren sie wieder auf dem Parkplatz am Rhein. Völkel fand einen Strafzettel hinter dem Scheibenwischer, wegen Zeitüberschreitung beim Parken. Zehn Euro. Er hielt den Strafzettel Schober unter die Nase. „Da will man euch mal helfen, und dann das hier …"
Schober grinste. „Du isst ja heute bei deiner Tochter, da sparst du Geld. Ein Nullsummenspiel also. Können wir morgen nochmal reden?"
Völkel nickte.

„Komm wieder zu diesem Parkplatz. Es gibt ganz in der Nähe ein schönes Café auf einem alten Rheinschiff. Ich zahle auch."
Vorsichtshalber ließ Völkel sich von Schober dessen Handynummer geben. Vielleicht gab es ja eine Situation, in der er sie brauchen konnte.
Kurz darauf fuhren sie in verschiedenen Richtungen davon.

## 6.

Völkel fuhr aber nicht zu seiner Tochter, die im Stadtteil Oberkassel wohnte, sondern zurück nach Bilk. Irgendwas war mit diesem Bartels, da war er sich sicher. Und es war gut, wenn sie das so schnell wie möglich rauskriegen würden. Schober von seinem Verdacht zu erzählen, hatte er sich aber nicht getraut. Es war ein Gefühl, und er war sich nicht sicher, ob er seinen Gefühlen nach einer Pause von mehreren Monaten noch trauen konnte.
Er parkte ein wenig abseits von Bartels` Wohnhaus, aber so, dass er Gebäude und Umfeld gut im Blick hatte. Der Golf stand Gott sei Dank noch in der Einfahrt. Völkel schaute kurz auf die Uhr, es war Viertel nach fünf. Kathrin hatte längst Feierabend, selbst wenn er annahm, dass sie noch einkaufen musste und danach Patrick von der Tagesmutter abholte, würde sie gleich zu Hause sein. Wahrscheinlich war sie es

schon. Dann würde sie sich wundern, dass er noch immer nicht da war.
In dem Moment summte sein Handy. Er sah auf das Display und erkannte Kathrins Nummer. Nicht dran gehen, dachte er. Wenn alles gut geht, bin ich ja in einer Stunde bei ihr. Kathrin ließ quälend lange durchläuten, Völkel musste mit sich kämpfen.
In dem Moment kam Bartels aus dem Haus und ging hinüber zu seinem Golf. Achtung, dachte Völkel, vielleicht geht es schon los. Vielleicht komme ich meiner Vermutung ein Stück näher.
Er schaltete den Motor an. Als Bartels losfuhr, war Völkel dreißig, vierzig Meter hinter ihm. In Dortmund hätte er schnell geahnt, in welche Richtung die Fahrt ging, hier kannte er sich nicht aus. Als er an mehreren Banken vorbei fuhr, vermutete er, dass es in die Innenstadt ging. Er musste aufpassen, Bartels nicht aus den Augen zu verlieren, denn der fuhr schnell und der Verkehr wurde immer dichter. Völkel gab Gas, er musste unbedingt zwei Autos überholen, um den Anschluss wieder herzustellen. Gerade als er zum Überholen ansetzte, kam ihm ein Auto entgegen. Er scherte ein und wieder aus, kam Bartels nach mehreren gewagten Manövern so nahe, dass sich nur noch ein Wagen zwischen ihnen befand, und folgte ihm auf die Rheinallee. Plötzlich bog Bartels auf einen Parkplatz ab, im Hintergrund befand sich die Altstadt. Wollte er in einer der vielen Kneipen seinen Kummer ersaufen? Dann würde Völkel die Zeit verplempern und seine Tochter völlig sinnlos warten lassen.

Völkel parkte in einer anderen Reihe, aber so, dass er Bartels vor sich hatte. Der zögerte einen Moment lang mit dem Aussteigen, dann schien es so, als würde er sich einen Ruck geben und stand im nächsten Moment neben seinem Golf. Nein, dachte Völkel, irgendetwas hat er vor. Etwas, das seinen ganzen Mut erfordert.
Er folgte ihm, schaute dabei nicht offen zu ihm herüber, sondern behielt aus den Augenwinkeln Blickkontakt. Auf dem Parkplatz suchte er Deckung hinter Autos, später auf der Kneipenstraße sorgte er dafür, dass sich Passanten zwischen ihm und Bartels befanden.
Schließlich blieb Bartels vor einem Restaurant stehen, spanische Küche wurde angeboten. Eine Paella wäre nicht schlecht, dachte Völkel, sein Magen knurrte. Bartels suchte die Tische ab, aber sein Blick blieb nirgendwo hängen. Also war die Person, die er suchte, nicht hier.
Mist, dachte Völkel. Gerade glaubte er, eine Spur aufgetan zu haben, da drohte sie im Nichts zu enden. Als Bartels abermals stehen blieb und sich suchend umblickte, schöpfte er Hoffnung. Der Typ wartete auf jemanden.
Völkel stellte sich so vor ein Zigarrengeschäft, dass er Bartels halb den Rücken zuwandte, ihn gleichzeitig aber über die Schulter hinweg im Auge behielt. Er spürte Bartels´ große Unruhe, keinen Moment lang konnte er ruhig stehen bleiben.
Plötzlich näherte sich aus der anderen Richtung ein etwa vierzigjähriger, schlanker Mann. Er trug einen

hellgrauen Anzug, zum fliederfarbenen Hemd eine bunte Krawatte, deren Knoten er gelockert hatte, was seine elegante Lässigkeit unterstrich.
Er war Völkel zuerst deshalb aufgefallen, weil er merkte, wie plötzlich ein Ruck durch Bartels ging. Als er dessen Blick folgte, sah er den Mann. Das ist er, dachte er, auf den hat Bartels gewartet.
Bartels zögerte noch einen Augenblick, dann stürzte er auf den Mann zu, der von seinem Erscheinen überrascht war. Jedenfalls wich er zwei Schritte zurück, als er den heranstürmenden Bartels sah.
Ein heftiges Gespräch begann, in dessen Verlauf vor allem Bartels redete, offensichtlich sehr laut, denn ein paar Passanten drehten sich zu ihnen um. Der andere beschränkte sich hauptsächlich darauf, den Kopf zu schütteln und seine Hände vorzustrecken, um Bartels abzuwehren, der ihn immer heftiger bedrängte. Aber Bartels schlug mit einer rabiaten Bewegung die Hände aus dem Weg und stand jetzt dicht vor ihm.
Pass auf, jetzt gibt es eine Schlägerei, dachte Völkel und bedauerte gleichzeitig, dass er nichts von dem Gespräch verstehen konnte. Das Gemurmel der Passanten, dazu Musik, die aus einer Kneipe gegenüber drang, übertönte die Worte.
Bartels ging näher heran, aber der andere wich gleich zeitig weiter zurück. Als es ihm zu viel wurde und er Bartels` bedrohliche Nähe nicht länger ertragen konnte, stieß er ihm heftig gegen die Brust. Bartels torkelte zurück und stieß nun seinerseits den anderen.

Passanten blieben stehen, einige schienen zu überlegen, ob sie eingreifen sollten, denn sie machten ein, zwei Schritte auf die Streithähne zu. Dass sich zwei erwachsene Männer in aller Öffentlichkeit prügeln wollten, schien sie zu überraschen, zumal der eine in seiner lässig-schicken Kleidung auch noch ausgesprochen seriös wirkte.
In dem Moment drehte sich Bartels Gegner um und lief davon. Bartels brauchte einen Moment, bis er dessen Flucht begriff, dann rannte er hinterher. Jetzt lief auch Völkel los, hatte allerdings Mühe, den beiden nachzukommen. Kein Wunder, sie waren deutlich jünger als er. Die Flucht führte sie durch die Kneipenstraße, vorbei an den Passanten, von denen einige beschickert waren, so dass es ihnen schwer fiel, den drei rennenden Männern auszuweichen. Völkel prallte gegen die Schulter eines jüngeren Mannes, verlor das Gleichgewicht und musste sich kurz an einer Hausecke abstützen. Der Vorsprung der beiden war dadurch noch größer geworden, immer wieder verlor er sie aus den Augen, weil ihm Passanten den Blick verstellten. Dann bogen sie in eine Querstraße ein, Völkel sah es im letzten Moment und hatte das Gefühl, dass auch Bartels nicht mehr so richtig mitkam, denn der Abstand zwischen beiden schien ihm größer geworden zu sein.
Völkel versuchte noch mal, sein Tempo zu steigern. Wenn die beiden jetzt noch mal irgendwo abbogen, hätte er sie endgültig aus den Augen verloren. Aber als er um die Ecke bog, sah er sie. Der andere hatte die

Fahrertür eines dunkelblauen BMW Cabrio aufgerissen, sprang hinein und brauste, noch bevor Bartels ihn erreichen konnte, davon. Völkel richtete seinen Blick auf das Nummernschild: D – HP – 1507. Er notierte sich die Nummer rasch in der Innenfläche seiner linken Hand.

Bartels war mitten auf der Straße stehen geblieben, als er sah, dass er den BMW nicht mehr erreichen konnte.

„Arschloch!" Endlich konnte Völkel verstehen, was er rief. Er näherte sich von hinten, dann legte er ihm die Hand auf die Schulter.

„War das der Liebhaber von Daria?"

Bartels sah ihn mit ungläubigen Augen an. Ihn hier zu treffen hatte er wohl am wenigsten erwartet.

„Ich weiß es nicht", sagte er dann.

Völkel lachte. „Weshalb haben Sie ihn dann verfolgt, wenn Sie nicht wissen, wer er ist?"

Bartels schob Völkels Hand von seiner Schulter.

„Weil ich Daria mit dem Mann zusammen gesehen habe. Weil ich beobachtet habe, wie er sie zum Wohnheim gebracht hat mit seinem BMW, als ich sie besuchen wollte. Dann habe ich den Mann zufällig zweimal hier beim Spanier gesehen, immer um diese Uhrzeit. Da habe ich mir gedacht, dass er hierhin geht, um zu essen. Mehr weiß ich nicht über ihn."

Völkel schaute auf die Schrift in seiner linken Hand. Das Autokennzeichen hat er doch bestimmt auch gesehen. Hat er wirklich nicht versucht, den Halter ausfindig zu machen?

„Und was wollten Sie von ihm wissen?“
„Genau das, was Sie auch wissen wollen. Der Typ sollte mir sagen, ob da was mit Daria gelaufen ist.“
„Und, ist es?“
Bartels schüttelte den Kopf. „Er hat mir gesagt, dass nichts gelaufen sei. Es sei Zufall gewesen, dass er sie mal nach Hause gebracht habe und dass ich ihn in Ruhe lassen soll.“
„Glauben Sie ihm das?“
Bartels zuckte mit den Schultern. Völkel sah ihm seine Unsicherheit an.
„Ich weiß nicht, was ich glauben soll. Am liebsten würde ich glauben, dass Daria gar nicht tot ist. Aber das ist sie ja.“ In seinen Augen funkelte es wässrig. Völkel drehte sich um und ging. Hier, merkte er, kam er nicht mehr weiter.

## 7.

Es war kurz vor sieben Uhr, als er endlich zur Wohnung seiner Tochter kam. Oberkassel, wo sie wohnte, war nicht besonders weit entfernt von dem Haus, in dem Lukas Bartels lebte. Patrick stürmte ihm entgegen, als er die Wohnung im zweiten Stock eines Sechsfamilienhauses betrat. Kathrin liebte lange Haare bei ihrem Sohn. Auch jetzt fielen Patrick die blonden Haare wieder weit in den Nacken. Völkel sagte nichts dazu, obwohl ihm die langen Haare nicht gefielen, weil

Patrick leicht mit einem Mädchen zu verwechseln war. Er wollte sich mit ihr nicht streiten.
Die Freude, die aus seinen strahlend blauen Augen sprach, war ansteckend.
„Opa, Opa!“, rief der Kleine.
Er war jetzt fast fünf Jahre alt. Völkel erinnerte sich noch genau an den Tag seiner Geburt. Wolfgang, Kathrins damaliger Lebensgefährte und der Vater von Patrick, hatte sich vier Wochen vorher von Kathrin getrennt. Deshalb wollte Kathrin nicht, dass er bei der Geburt dabei war. Er, ihr Vater, war es gewesen, der sie ins Krankenhaus gebracht hatte, er hatte vor dem Kreißsaal gewartet, ihn hatten sie schließlich hereingerufen und ihm das kleine, rosige Kerlchen in den Arm gedrückt. Mit Patrick, hatte er das Gefühl, war er selber noch einmal Vater geworden. Vielleicht kam daher ihr besonders inniges Verhältnis, es könnte aber auch nur, weil er sein einziges Enkelkind geblieben war und wohl auch bleiben würde, der Grund sein.
Rolf kriegte seine Frauengeschichten nicht auf die Reihe und bei Kathrin stellte er eine tiefe Verletztheit fest. Sicher, sie hatte Männerkontakte, sie war mit ihrer zarten, schlanken Figur und ihren pechschwarzen Haaren ja auch eine attraktive Frau, aber Völkel wusste, dass sie darüber nicht reden wollte. Manchmal fand er die Spuren eines Mannes in ihrer Wohnung, eine dritte Zahnbürste, eine Männerjacke, die versteckt am Kleiderständer hing und bei seinem nächsten Besuch nicht

mehr da war. Seit Wolfgang hatte sie ihm jedenfalls keinen Mann mehr vorgestellt.
Kathrin sah ihn strafend an, bevor sie sich von ihm umarmen ließ.
„Wo hast du dich rum getrieben? Ich denke, du wolltest schon am Nachmittag hier sein."
Völkel zögerte mit der Antwort, denn die Wahrheit durfte er ihr auf keinen Fall sagen. Seit seiner schweren Schussverletzung machte sie sich übertrieben große Sorgen um ihn. Mindestens jeden zweiten Tag rief sie deshalb an und wollte wissen, wie es ihm gehe. Es kam ihm so vor, als wollte sie ihn, den ältesten Mann in ihrem Leben, nicht auch noch verlieren.
Ihr genau zu erzählen, wie weit er Schober half und dass er sogar hinter einem Tatverdächtigen her gerannt war, war ausgeschlossen. Sie würde ihn morgen wahrscheinlich nicht mehr aus der Wohnung lassen und ihn höchstpersönlich nach Dortmund zurückfahren.
„Ich habe Schober noch ein bisschen bei einem Fall beraten", erklärte er mit möglichst harmloser Stimme. „Wir haben uns gefreut, dass wir uns nach langer Pause wieder gesehen haben. Da ist es eben später geworden."
Er sah sie an und merkte, dass sie ihm nicht glaubte. Deshalb versuchte er es mit einem Scherzchen.
„Du weißt doch, früher ist es mit uns beiden auch immer spät geworden."
Sie schmunzelte, Gott sei Dank, er hatte es geschafft.
Später saßen sie zusammen beim Abendbrot. Kathrin hatte Spaghetti gekocht. Patrick mochte Nudeln, klein

geschnitten, gern und auch Völkel, das wusste Kathrin, schmeckten sie. Mit Fleischsoße allerdings, während der Kleine Ketchup bekam.
Patrick musste zuerst erzählen, was er im Kindergarten und später bei der Tagesmutter erlebt hatte. Das war Kathrin wichtig, Völkel wusste es. Wenn sie ihren Kleinen schon tagsüber nicht betreuen konnte, wollte sie wenigstens wissen, was mit ihm passiert war.
Später musste er dann von seinen Tagen erzählen. Völkel machte es humorvoll, erzählte, dass die Tiere im Dortmunder Tierpark begännen, ihn zu begrüßen. Patrick nahm es natürlich wörtlich und war schwer beeindruckt von seinem Opa.
„Ich will auch mit Opa dahin gehen!", rief er zweimal. „Die Tiere sollen mich auch begrüßen."
Völkel fügte hinzu, dass er viel spazieren gehe und regelmäßig, meistens mit der Straßenbahn, in die Stadt fahre. Dort würde er immer jemanden treffen, mit dem er in einem Café an der Reinoldikirche eine Tasse Kaffee trinken könne. Manchmal würde er sich auch mit Rolf verabreden.
Völkel merkte, wie Kathrin aufmerksam zuhörte, sie wollte nicht, dass er vereinsamte. Von sich selber erzählte sie wenig, daran war er gewöhnt. Frag mich nicht, sollte das heißen, bei mir passiert nicht viel, was soll ich da groß erzählen. Dafür berichtete sie plötzlich von ihrer Mutter, Völkels Ex-Frau.
„Sie hat wieder einen Freund", sagte sie, „deutlich jünger

als sie natürlich." Sie kicherte, während sie das sagte. „Du weißt doch, Mama kann nicht alt werden."
Völkel nickte. Er versuchte, sich über seine Gefühle klar zu werden. Bewegte ihn noch, was seine Ex machte? Nein, er konnte keine besonderen Gefühle bei sich feststellen. Es war, als berichtete Kathrin etwas über eine ihrer Freundinnen, die er kannte.
„Hast du oft Kontakt zu ihr?"
Kathrin schüttelte den Kopf. „Wenig. Ein, zwei Telefongespräche im Monat, und auch das meistens nur, weil sie anruft." Sie sah ihn an. „Sie ist da ganz anders als du. Bei dir muss ich ja immer anrufen."
Völkel freute sich über ihre Kritik. Ja, bei der Trennung vor gut fünf Jahren, die so plötzlich für ihn gekommen war, weil seine Frau auch damals eine Beziehung zu einem jüngeren Mann geführt hatte, waren ihm wenigstens seine Kinder geblieben, Kathrin vor allem und mit ihr Patrick. Rolf hatte mehr Kontakt zu seiner Mutter als seine Schwester, aber er hatte mindestens genauso viel Kontakt zu seinem Vater. Wenigstens das war nicht schief gegangen in seinem Leben, dachte Völkel. Der Kontakt zu seinen Kindern war ihm erhalten geblieben.
Nach dem Essen half er Patrick ins Bett zu bringen und las ihm noch etwas aus einem Kinderbuch vor. Es war die Geschichte von einem kleinen Jungen, der seinen Traum verloren hatte und ihn in der Wirklichkeit wieder suchte. Eine schöne Geschichte, die auch Völkel anrührte.
Die Geschichte reichte ihm aber noch nicht.

„Fangen Polizisten alle Verbrecher, Opa?“, fragte er plötzlich.
Völkel stutzte. Ach ja, die bei den Kleinen neuerdings so beliebten Polizisten, jetzt fielen ihm wieder Kathrins Worte ein. Er nickte.
„Ja, die allermeisten. Ist ja auch richtig, dass wir sie erwischen.“
„Nicht alle?“
Völkel sah den Zweifel in den Augen des Kleinen.
„Doch, Patrick. Dein Opa hat immer alle Verbrecher gekriegt.“
Jetzt lächelte er, Völkel war zufrieden. Eine kleine Notlüge, die verzeihlich war, fand er. Es ging immerhin um die Nachtruhe seines kleinen Enkels. Und darum, dass er morgen im Kindergarten etwas zu erzählen hatte. Von der Polizei im Allgemeinen und seinem Opa im Besonderen.
Danach trank er zusammen mit Kathrin ein Glas Rotwein, sie erzählte zuerst von ihrer Arbeit, dann wollte sie etwas über Dortmund erfahren, ihre alte Heimatstadt. Völkel erzählte ihr, dass die Zustände in der Nordstadt, in der er in seiner Zeit als Polizist die meiste Zeit verbracht hatte, immer haltloser geworden wären. Zuletzt hätten mehrere hundert Frauen aus Bulgarien auf dem Straßenstrich gearbeitet, Zuhälter mitgebracht und unter unvorstellbaren hygienischen Bedingungen in Häusern im Norden gelebt. Der Straßenstrich wäre jetzt unter massivem Polizeieinsatz von der Stadt geschlossen worden.

Er grinste. „Es hat sogar eine Protestversammlung der Prostituierten vor dem Rathaus gegeben. Nicht von denen aus Bulgarien, sondern von den deutschen. Die fühlen sich um ihren Arbeitsplatz betrogen."

Sie nahm es nicht so lustig. „Irgendwie tun mir die Frauen auch Leid", sagte sie. „In ihren Ländern haben sie keine Chance, was sollen sie tun?"

„Dortmund kann nicht die sozialen Probleme von Bulgarien lösen!", widersprach er.

Sie nickte. „Das stimmt. Aber weißt du, ungerecht bleibt das trotzdem. Man darf sich nicht täuschen lassen von dem, was einem ins Auge springt. Bei den Reichen laufen noch viel schlimmere Schweinereien, nur laufen die heimlich."

Jetzt war er es, der nickte. Armut blieb nichts anderes übrig, als alles offen zur Schau zu tragen. Reichtum hatte die Möglichkeit, das Verbotene durch kostspieligen Aufwand zu verstecken.

Anschließend schauten sie sich noch einen Krimi im Fernsehen an, bevor sie zu Bett gingen.

Völkel schlief im Gästezimmer, einem Raum, den Kathrin hauptsächlich seinetwegen eingerichtet hatte. Er kam sich darin inzwischen wie zu Hause vor. Selbst einen Schlafanzug hatte Kathrin immer für ihn bereit gelegt.

# 8.

Der Mittwoch war wieder ein sonniger Tag. Gegen acht brachte Völkel Patrick zum Kindergarten. Sie gingen zu Fuß, er kannte den Weg, denn immer, wenn er sie in Düsseldorf besuchte, übernahm er diese Aufgabe. Patrick war fröhlich. Er hatte es gern, wenn sein Opa ihn brachte, vermutlich, weil dann alles ruhiger ablief als mit seiner Mama, die schon Stress damit hatte, dass morgens alles reibungslos und vor allem pünktlich ablief. Vielleicht aber auch, dachte Völkel, weil sonst alles, was Patrick betraf, von Frauen erledigt wurde. Jungen, fand Völkel, brauchten auch die männliche Orientierung. Deshalb war er auch nicht ganz mit Kathrins Erziehung einverstanden. Es wäre gut, wenn die männliche Erzieherrolle in ihrer Kleinfamilie wieder besetzt würde, fand er. Aber das würde er ihr niemals sagen. Es würde nichts bringen und er hätte nur unnötig Krach mit ihr.

Er genoss es, die Hand des Kleinen in seiner zu spüren. Er war nicht der einzige Mann, der ein Kind am Kindergarten abgab, stellte er fest, aber er war der älteste. Die Kindergärtnerinnen kannten ihn schon.

„Na, Herr Völkel, auch mal wieder in Düsseldorf?"

Patrick winkte ihm noch zu, bevor sich die Kindergartentür hinter ihm schloss.

Völkel lief noch ein paar Minuten durch das ruhige Viertel, in dem sich der Kindergarten befand. Es tat ihm gut, die frische Luft zu genießen. Dann rief er über

Handy Schober an und verabredete sich mit ihm in einem Rheincafé. Es war ein altes, zum Restaurant und Café umgebautes Schiff, das an der Kaimauer lag und über einen breiten Steg betreten wurde. Ein schöner Ort für ein Gespräch, fand Völkel, mit Blick auf den Rhein und die gegenüber liegenden Rheinwiesen.
Sie bestellten beide einen Cappuccino, der um mehr als einen Euro teurer war als in Dortmund. Na klar, nach dem, was Schober ihm gestern über die Stadt erzählt hatte, musste er damit rechnen. Und außerdem, ihn auf einem umgebauten Schiff trinken zu können war schon etwas Besonderes.
Schober sah müde aus, offensichtlich hatte er wenig oder zumindest unruhig geschlafen. Immer wieder fuhr er sich während des Gesprächs mit der Hand übers Gesicht, als könne er die Müdigkeit wegwischen. Vielleicht belastete ihn sein erster Mordfall in Düsseldorf so sehr, vermutete Völkel.
Er selbst dagegen hatte gut geschlafen. Er hatte auch nicht vom Mordopfer geträumt, wie das früher oft der Fall gewesen war. Die Tatsache, nicht mehr verantwortlich zu sein für die Aufklärung, erleichterte Völkel sichtlich.
Schober erzählte, dass er an der Uni nicht mehr viel rausgekriegt habe über die Tote. Viele Studenten, vor allem an der künstlerischen Fakultät, hätten sie gekannt, meistens die Jungen, weil sie so gut aussah. Richtig gut gekannt hätten sie aber nur wenige, sie wäre wohl eher eine zurückhaltende junge Frau gewesen.

„Hast du dich da lange rumgetrieben an der Uni?"
Schober verstand gleich, was Völkel meinte.
„Nein, ich habe gegen 19 Uhr Schluss gemacht und danach meine neue Lebensgefährtin getroffen. Du kennst sie noch gar nicht, ich habe sie erst in Düsseldorf kennen gelernt."
Er sah Völkel nachdenklich an. „Na ja, sie war sauer auf mich. Keinen Abend hätte ich richtig Zeit für sie, hat sie gemeckert. Sie weiß nicht, ob sie das durchhalten kann."
Meine Frau hat es auch nicht durchgehalten, dachte Völkel, und ist mit einem Jüngeren durchgebrannt, hütete sich aber, es Schober zu sagen. Es wäre kein Trost, im Gegenteil, er müsste es als böses Omen werten.
„Was ist sie denn von Beruf?"
„Grundschullehrerin. Sie hat ab zwei Uhr Zeit."
Oh Gott, dachte Völkel, auch das noch. Jetzt war er es, der sich mit der Hand übers Gesicht fuhr. So viel freie Zeit, das musste ja Probleme geben. Und dann waren viele von den Lehrerinnen, die er erlebt hatte, auch noch rechthaberisch.
Er beschloss das Thema zu wechseln und begann Schober zu erzählen, dass er Bartels beschattet hatte. Er begründete sein Vorgehen damit, dass er Bartels noch mal zu dem merkwürdigen Verhalten von Daria befragen wollte. Deshalb sei er zurück gefahren zu dessen Wohnung, aber gerade in dem Moment, als er ankam, sei Bartels aus dem Haus gekommen, in seinen Golf gestiegen und weggefahren.

Er konstruierte diesen Vorwand aus Sorge darüber, dass Schober verärgert sein könnte, weil er ihm nichts von seiner Absicht erzählt hatte. Aber Schober war gar nicht sauer.
„Komm, erzähl mir nichts“, sagte er. „Das hast du von Anfang an geplant.“
Völkel ging nicht darauf ein, sondern erzählte ihm, dass er Bartels bis zu einem spanischen Restaurant in der Altstadt gefolgt sei. In dem Lokal hätte Bartels nach jemandem gesucht, und als er ihn nicht gefunden hatte, vor der Tür gewartet. Das hätte seine Neugier weiter angestachelt, deshalb hätte er Bartels aus der Ferne beobachtet.
Schober hörte aufmerksam zu, ab und an nickte er. Völkel war erleichtert, dass er es so sachlich aufnahm. Er wollte ihm helfen, wirklich nur das. Auf keinen Fall wollte er seine Autorität einschränken. Er hatte nur, wie in alten Zeiten, Witterung aufgenommen und dem Drang, ihr zu folgen, nicht widerstehen können.
Dann erzählte er ihm ausführlich von dem Mann, der plötzlich aufgetaucht war, beschrieb seine sportlich-elegante Erscheinung und die Wut, die Bartels ihm gegenüber empfunden hatte. Beinahe wäre es zwischen den beiden zur Schlägerei gekommen.
Schober zog die Stirn in Falten. „Also doch eine Eifersuchtsgeschichte.“
Völkel nickte auch. „Das liegt nahe“, antwortete er. „Aber dem widerspricht, dass Bartels mir, als ich ihn zur Rede stellte, sagte, er wisse nicht, ob etwas zwischen

Daria und diesem Mann gelaufen sei. Irgendwie kam mir die Auseinandersetzung zwischen den beiden auch so vor. Bartels schien unbedingt etwas von ihm wissen zu wollen, er war sich also nicht sicher, was genau passiert ist zwischen Daria und diesem Mann."

Schober presste die Lippen aufeinander.

„Und außerdem", fuhr Völkel fort, „bei einem Eifersuchtsdrama hätte der eine doch den anderen umgebracht und nicht die Frau."

„Aber wenn doch? Du kennst doch die alte Leier. Wenn ich sie nicht kriegen kann, soll sie auch kein anderer kriegen, das haben wir schon erlebt."

Völkel nickte. „Das habe ich mir auch überlegt. Aber weshalb sollten sie danach ein Gespräch miteinander führen? Welche Fragen hätten sie miteinander zu klären, wenn durch die Ermordung des Mädchens schon alles geklärt ist? Nein, da steckt was anderes dahinter, etwas, von dem wir noch keinen blassen Schimmer haben."

Sie schwiegen, nippten an ihrem Cappuccino und blickten auf den Rhein. Ein großer Schlepper, beladen mit Containern, zog rheinabwärts. Vielleicht bis nach Duisburg, vermutete Völkel, vielleicht auch weiter bis nach Rotterdam.

„Womöglich hätte der andere Typ uns weitergebracht", sagte Schober schließlich und wischte sich wieder über das Gesicht. „Aber du hattest ja keine Handhabe, ihn nach seinem Namen zu befragen. Und dass so einer in unserer Kartei steckt, kann ich mir nicht vorstellen."

„Ich auch nicht", antwortete Völkel und hatte Mühe,

ein Grinsen zu unterdrücken. Er blickte in die Innenfläche seiner Hand. Nur noch ein blasser Schimmer erinnerte an die Schrift von gestern. Aber das war kein Problem. Er hatte die Autonummer am Abend, noch vor dem Waschen, auf einen Zettel übertragen und ihn in sein Portemonnaie gesteckt. Schober schaute Völkel verwundert an, als er ihm den Zettel reichte.

„Was ist das? Was soll ich damit?"

„Das ist die Autonummer von dem Typ."

Schober grinste.

„Du hast dich nicht verändert. Genau so habe ich das früher auch mit dir erlebt."

Er nahm sein Handy aus der Tasche und beauftragte seinen Kollegen Brauner, den Halter des Wagens ausfindig zu machen. Einen Moment wartete er, nickte dann und steckte das Handy wieder ein.

„Torsten Gräfe", sagte er. „Ein Manager in einer Großbank direkt im Bankenviertel. Einundvierzig Jahre alt."

Völkel nickte. „Ja, vom Alter her könnte er es sein. Sieh mal an, ein Banker. Eine interessante Konstellation, der Banker und der Student."

„Und die ägyptische Studentin."

„Ja, die auch. Obwohl wir nicht wissen, ob es eine Beziehung zwischen Daria und diesem …"

„ Gräfe."

„… richtig, diesem Gräfe gibt. Aber das ist ja etwas, was man raus finden könnte."

Schober lachte. „Komm, dafür gebe ich dir den Cappuccino aus. Den hast du dir wirklich verdient."

„Ne, lass mal", wehrte Völkel ab. „Ich will mich nicht verpflichtet fühlen, sondern meine Unabhängigkeit bewahren. Ich will, wenn es mir passt, jederzeit aussteigen können."
„Aber den Herrn Gräfe willst du dir doch noch ansehen, oder?"
„Den auf jeden Fall noch."

## 9.

Sie fuhren mit zwei Autos zu dem Gespräch mit dem Mann, der vor Bartels aus dem Restaurant geflohen war, Torsten Gräfe. Völkel folgte mit seinem Bora dem Golf von Schober, der sich in dieser Stadt schon gut auszukennen schien. Er wollte nach dem Gespräch, je nachdem, wie es verlief, unabhängig sein. Vielleicht war es ja eine Fehlspur, dann würde er zwar ein wenig von der Zeit, die er inzwischen im Überfluss hatte, verlieren, könnte aber anschließend nach Hause fahren. Sie hielten in einer Seitenstraße neben der Bank. Völkel schaute die marmorverkleideten Säulen am großen Eingangsportal der Bank hoch, sieben, vielleicht acht Meter hoch waren sie. Über der Decke, die sie stützten, begann gleich das dritte Stockwerk. Der Eingangsbereich bestand aus einer großen Glaswand mit einer Drehtür in der Mitte. Dahinter, gut sichtbar von außen, war der Empfang. Eben noch war Völkel gespannt gewesen auf diesen Gräfe und hatte schon die Fragen

im Kopf, die er ihm stellen wollte. Jetzt war er plötzlich verunsichert. Sollten er und Schober da wirklich reingehen? Reichte das, was er gestern gesehen hatte, aus, um so einen wie Gräfe zu befragen?
Er trat einen Schritt zurück, schaute die Fassade mit den glitzernden Fenstern hoch und zählte die Stockwerke. Auf vierzehn kam er. Schober neben ihm ließ den Eindruck, den das Gebäude auf sie machte, ebenfalls stumm auf sich wirken. Die Absicht war Völkel klar, es gehörte nicht viel dazu, sie zu durchschauen. Das Gebäude sollte imponieren, und genau das tat es auch, sogar für jene, welche die Absicht durchschauten. Völkel und Schober sahen sich an, als müssten sie sich gegenseitig Mut zusprechen. Völkel spürte plötzlich neben seiner Verunsicherung ein zweites Gefühl, das ihn bewegte. Verärgerung nämlich, vielleicht sogar ein klein wenig Wut. Wut auf jene, die glaubten, ihren Besuchern und ihrem Umfeld auf so plumpe Weise imponieren zu können. Wut auch auf sich selber, weil er feststellte, dass es ihnen gelang.
„Los jetzt, worauf warten wir!“
Er merkte selbst den aggressiven Unterton, mit dem er das gerufen hatte. Schober schien verstanden zu haben, er nickte und ging mit betont raschem Schritt voraus. Nur nicht beeindrucken lassen, schien das zu heißen.
Völkel ging im selben Tempo hinterher, seine Wut half ihm, die innere Sicherheit zurück zu gewinnen. Daran änderte auch die hübsche Blondine nichts, die ihnen

mit freundlichem, aber abschätzigem Lächeln vom Empfang aus entgegenblickte. Nein, das sind keine Geschäftsleute, schien sie zu denken, das sind irgendwelche anderen Typen. Aber freundlich bleiben, wir sind hier zu allen freundlich, egal, wer da kommt. Völkel glaubte, ihre Gedanken zu hören.
Schober hielt ihr den Polizeiausweis entgegen, ihr Lächeln gefror für einen Augenblick. Aber als hätte sie sich einen inneren Ruck gegeben, konnten Völkel und Schober im nächsten Moment nach dem geschäftsmäßigen Lächeln die gequälte Variante erleben.
Mein Gott, Mädchen, nun bemüh dich doch nicht so, dachte Völkel. Meinst du, wir haben dein Getue nicht längst durchschaut?
„Wir möchten Herrn Gräfe sprechen."
„Oh, den Herrn Gräfe." Sie war selbst erschrocken darüber, dass ihr dieser Ausruf herausgerutscht war, denn sie fuhr sich mit der Hand rasch über den Mund.
„Der arbeitet im siebten Stock."
Völkel drehte sich um und wollte hinübergehen zum Aufzug, der sich schräg gegenüber vom Empfang befand, da rief ihn ihre Stimme zurück.
„Moment, ich muss Sie erst anmelden."
Klar, daran hätte Völkel denken müssen. Dies war nicht der Ort, an dem man sich frei bewegen konnte. Vor allem nicht Leute wie er und sein Kollege Schober.
Die Frau musste Gräfe zweimal bestätigen, dass die Polizei ihn sprechen wollte.
„Ja, zwei Herren von der Polizei", wiederholte sie.

Gott sei Dank dachte sie nicht daran, nach Völkels Ausweis zu fragen. Schobers Polizeiausweis war eben ihre Art des Imponiergehabes, der ebenfalls Eindruck gemacht hatte.

Es war ein langer Flur, den sie im 7. Stock entlang liefen. Sie suchten an den Türen nach der Nummer 707. Schließlich fanden sie die Tür fast am Ende des Ganges. Sie klopften, eine Frauenstimme rief, dass sie eintreten sollten.

Die Frau tippte gerade etwas in den Computer, sie schaute nur kurz auf, als sie eintraten und sagte, dass sie sich einen Moment gedulden sollten. Herr Gräfe wäre gleich so weit.

Die Tür zum Nebenzimmer stand offen. Als Völkel kurz um die Ecke schaute, erkannte er in Gräfe, der an seinem Schreibtisch saß, den Mann, den er gestern vor dem spanischen Restaurant gesehen hatte. Klar, ein BMW Cabrio passte gut zu einem vierzigjährigen Mann in seiner Position. Er hatte nicht den Eindruck, dass Gräfe noch schnell etwas Dringendes erledigen musste. Ruhig blätterte er in einer Akte. Auch das gehörte zum Ritual. Ungebetene Gäste warten zu lassen, ihnen zu zeigen, wie bedeutend man selber war. Endlich hörten sie seine Stimme.

„Die beiden Herren sollen bitte eintreten."

Völkel musste ein Lachen unterdrücken. Diese Art der Anrede hätte er sich früher in seinem Dienst nicht erlauben können, kam ihm plötzlich in den Sinn. Die Herren sollen bitte eintreten, und das bei seinem Klientel

aus dem Dortmunder Norden. Ey, willze uns verarschen? Er glaubte zu hören, was die ihm bei so einer Anrede geantwortet hätten.
Dann lieber deren Tonfall als diese aufgesetzte Höflichkeit, die sowieso nicht ernst gemeint ist, dachte er.
Das Büro, das sie betraten, sah nicht besonders gemütlich aus. In der Mitte stand der große Schreibtisch und eine geschwungene Glasplatte auf silbernen Metallbeinen. In einer Ecke links von der Tür befand sich ein Tischchen, das ebenfalls aus einer Glasplatte mit Metallbeinen bestand, drei eckige, schwarze Sessel standen davor. Offensichtlich eine Besprechungsecke. Ein dunkelblauer, gelb gepunkteter Teppichboden hatte noch die wärmste Ausstrahlung im Raum, fand Völkel. Die Bilder an den Wänden hatten sie jedenfalls nicht. Es waren abstrakte Gemälde in Metallicfarben, die wild in Zacken aufgetragen waren, so dass sie Völkel an Blitze erinnerten. Eines war in Blautönen gehalten, ein anderes war gelb und das über der Besprechungsecke grün. Immer die gleichen Motive, falls man überhaupt von solchen reden konnte. Je länger Völkel die Bilder betrachtete, desto mehr spürte er, wie sie ihn aggressiv machten. Vielleicht war das die Absicht, vor allem in Hinblick auf den Inhaber dieses Büros. Vielleicht half das bei seinen Geschäften. Hinter dem Schreibtisch öffnete das große Fenster den Blick auf den Rhein, dem Gräfe aber, wenn er vor seinem Computer saß, den Rücken zudrehte.
Er selbst hatte einen dunkelgrauen Anzug an, die dezent gelbe Krawatte saß jetzt korrekt.

Er erhob sich, als sie das Zimmer betraten.
„Bitte, nehmen Sie an dem Tisch Platz, ich komme zu Ihnen."
Schober begann das Gespräch, noch bevor Gräfe nach dem Grund ihres Kommens fragen konnte.
„Kennen Sie einen Lukas Bartels?", fragte er, als Gräfe sich gerade zu ihnen gesetzt hatte.
Nicht schlecht, dachte Völkel, warum lange zögern? Lieber gleich das Heft in die Hand nehmen, gerade bei einem Typen wie dem hier.
Gräfe sah ihn überrascht an. „Bartels? Wer soll das sein?"
Lächerlich, dachte Völkel, was für ein dümmlich-plumper Versuch! Da hat er sich gestern noch öffentlich in der Altstadt mit Bartels gestritten, ja beinahe geprügelt, und jetzt tut er so, als wenn er ihn überhaupt nicht kennt. Glaubte er wirklich, dass er damit durchkam?
„Gestern hatten sie einen hellgrauen Anzug an und ein fliederfarbenes Hemd, erinnern Sie sich?", fragte er Gräfe.
Völkel hatte gehofft, er würde ihn mit der Frage überraschen, aber der Blick, mit dem Gräfe ihn jetzt ansah, zeigte nur, dass er genervt war.
Was sind das jetzt für Fragen, womit stehlen Sie mir die Zeit?
Das überhebliche Grinsen, das in seinen Mundwinkeln sichtbar wurde, ärgerte Völkel. Jetzt war er es, der ein wenig verunsichert war, Gräfe schien es zu spüren.
„Sagen Sie mal, Sie sind sich sicher, dass Sie von der Polizei sind und nicht von einem Bekleidungsgeschäft?"

Völkel bemerkte Schobers auffordernden Blick. Los, sieh zu, dass wir wieder in die Offensive kommen, hieß das.

„Beinahe hätte Bartels Ihnen gestern Ihr schönes Hemd zerrissen“, sagte er. „So wütend war der Mann auf Sie.“

„Ach, der.“ Die Antwort kam ohne zu zögern.

Völkel spürte, dass er nachlegen musste.

„Ja, der! Sieh mal einer an! Wissen Sie, manchmal staunen wir von der Polizei, wie schnell so ein Gedächtnis zurückkommt.“

Den hatte er sich verdient, dachte Volkel. Von wegen, sind Sie überhaupt von der Polizei. Schober grinste.

Gräfes überhebliches Grinsen war verschwunden.

„Ich kenne den Mann nicht mit Namen“, erklärte er. „Er hat mir aufgelauert, sich aber dabei nicht mit Namen vorgestellt.“

„Worum ging es ihm in den Gesprächen?“, fragte Schober, obwohl er die Antwort natürlich wusste.

„Um ein Mädchen, von dem dieser Mann behauptete, dass es seine Freundin sei.“

„Um Daria Fathi“, sagte Schober. „Kannten Sie sie?“

Völkel bemerkte, dass Gräfe plötzlich einen anderen Gesichtsausdruck bekam. Nicht mehr Überheblichkeit war darin zu erkennen, sondern ein leichter Hauch von Trauer.

„Ja, ich kannte sie.“

„Und woher? War sie Ihre Freundin?“

„Ich kannte sie von einem Museumsbesuch in der Kunsthalle am Grabbeplatz. Da ist sie mir aufgefallen,

weil sie Ahnung von Kunst hatte. Ihr Blick war so begeistert, als sie sich die Bilder ansah. Da habe ich sie angesprochen und mir die Bilder von ihr erklären lassen. Sie hatte viel Ahnung von Kunst."
Völkel fiel auf, dass er in der Vergangenheitsform von Daria sprach, also wusste er von ihrem Tod. Das passte auch zu seinem Gesichtsausdruck.
„Sie wissen, dass sie tot ist", sagte Schober, „dass sie ermordet wurde."
Gräfe nickte. „Ihr Freund hat es mir gesagt, gestern, bei der Begegnung in der Altstadt. Es tat mir Leid, als er es mir sagte." Die Trauer in seinem Gesichtsausdruck verstärkte sich. „Es war übrigens die zweite Begegnung, die ich mit dem Herrn hatte."
„Die zweite?" Völkel staunte.
„Ja, vor ein paar Tagen hat er mich schon mal angesprochen. So ganz komisch, ohne seine wirklichen Absichten zu verraten. Ob ich Daria kennen würde, hat er mich gefragt."
„Und was haben Sie geantwortet?"
„Ich habe das verneint. Jedenfalls in dem Sinne, in dem er die Frage gemeint hat. Außerdem bin ich ihm keine Rechenschaft schuldig. Ich wusste ja nicht mal, wer er war."
„Sie ist Ihnen doch nicht nur aufgefallen, weil sie Ahnung von Kunst hatte. Sie haben bestimmt gesehen, dass es ein hübsches Mädchen war."
„Ich fand es nett, wie geduldig sie mir die Malerei erklärt hat. Deshalb haben wir uns noch mal getroffen, zu einem Gespräch, ganz zwanglos. Sonst war da nichts."

„Und das sollen wir Ihnen glauben?“, mischte sich Schober ein. „Darias Freund hat das jedenfalls anders gesehen. Weshalb sonst hätte er Sie anbrüllen sollen?“
„Es ist mir egal, wie er das gesehen hat. Er ist durchgedreht, hat Dinge vermutet, die nicht da waren.“
Er lachte, was abschätzig klingen sollte, ihm aber nicht richtig gelang. Gräfe war deutlich nervöser geworden, merkte Völkel.
„Sie haben also nichts mit Daria gehabt?“, fragte er.
„Nein, das sag´ ich doch.“
„Und wieso hat Bartels das ganz anders gesehen?“
„Ich weiß nicht, wie er darauf gekommen ist. Vielleicht hat er uns zufällig gesehen, als wir uns getroffen haben, was weiß ich.“
Eine Tür zum Nachbarzimmer, die Völkel bisher gar nicht beachtet hatte, ging plötzlich auf. Ein Mann, vielleicht ein, zwei Jahre älter als Gräfe, trat ein, schlank, durchtrainiert, sehr kurze Haare und ähnlich gekleidet wie Gräfe.
Mit kurzem Blick überflog er die Szene.
„Ist was los, Torsten?“
„Nein, nein. Es ist alles in Ordnung.“ Gräfe verdrehte dabei die Augen, während er das sagte. Aber nicht allein das war es, was Völkel störte. Es war vielmehr die offene Art, in der er es tat. Der Typ gab sich nicht einmal Mühe, vor ihnen zu verbergen, wie sehr ihn das Gespräch nervte.
Sein Kollege blieb noch einen Moment unschlüssig im Raum stehen, schaute zuerst Schober und dann Völkel an, bevor er den Raum wieder verließ.

Was war das denn für ein Auftritt, dachte Völkel. Sollte das etwa eine Drohung sein? Passen Sie auf bei dem, was Sie tun. Mein Kollege steht nicht allein, zur Not werde ich ihm helfen? So kam es Völkel jedenfalls vor.
„Was denken Sie denn über ihren Tod?", fragte Schober. „Es geht ja immerhin um ein Mädchen, das Sie kannten."
„Es hat mich natürlich betroffen gemacht. Ich sagte Ihnen ja schon, es hat mir gefallen, wie sie mir die Bilder in der Kunsthalle erklärt hat. Als mir dieser Mann von ihrem Tod erzählte, war ich völlig überrascht. Doch nicht so ein Mädchen, habe ich gedacht, die kann doch niemandem was getan haben."
Die Trauer, die jetzt in seiner Stimme mitschwang, kam Völkel echt vor. Ein komischer Kerl, dachte er. So cool und überheblich, wie er wirken wollte, war er gar nicht. Wenn er noch etwas über ihn erfahren wollte, musste er an dieser Stelle bohren.
„Konnten Sie sich denn vorstellen, mit Daria eine Beziehung aufzunehmen? Oder sind Sie verheiratet?"
Gräfe zog die Stirn in Falten.
„Ich weiß zwar nicht, was Sie das angeht, aber ich bin nicht verheiratet. Ich habe gar keine Zeit dazu. Ich gehe zwar gegen fünf manchmal in das spanische Restaurant, aber danach läuft meine Arbeit weiter. Entweder zu Hause am Computer, hier im Büro oder ich habe noch einen wichtigen Geschäftstermin. Was glauben Sie, wie die Arbeit bei so einer großen Bank auf unserer Ebene aussieht?"

Er sagte nicht Managerebene, fiel Völkel auf, aus irgendeinem Grund vermied er den Ausdruck. Vielleicht, weil ohnehin klar war, um welche Ebene es sich handelte.

„Und Daria? Vielleicht hätte sie ja Verständnis für Ihre Arbeit gehabt."

Völkel wusste selbst nicht, warum er sich in diesen Zusammenhang verbiss. Was sollte das mit dem Mord zu tun haben? Er brachte doch die Frau nicht um, wenn er vorhatte, mit ihr eine Beziehung aufzubauen. Trotzdem, das vage Gefühl, dass sie sich über diese Beziehung klar werden müssten, blieb da.

„Eine Studentin?", fragte Gräfe.

Er sah Völkel an, als wäre er überrascht. Aber so richtig, merkte dieser, war er das gar nicht.

„Na ja, sie ist wirklich hübsch gewesen. Aber ob sie Verständnis für meinen Job gehabt hätte? Ich weiß nicht, das hat doch kaum einer. Das sieht man doch an diesen Neid- und Missgunstkampagnen gegen uns Banker. Schauen Sie mal in die Zeitung, was da alles über uns steht."

Der Standardsatz, Völkel ärgerte sich.

„Und Ihre Boni? Da wundern Sie sich über Kritik. Wir jedenfalls kriegen keine."

„Die bekommen wir, weil wir sie verdient haben."

Völkel verstand, wie er das meinte. Und sie von der Polizei eben nicht, genau das war es, was in seiner Antwort mitschwang.

Gräfe schaute auf die Uhr.

„War es das? Ich weiß zwar nicht, was Sie sich von dem Gespräch versprochen haben, aber mehr kann ich nicht für Sie tun."
Er hielt den linken Arm weiter leicht angewinkelt hoch, seine Armbanduhr, Marke Lange und Söhne, wie Völkel mit kurzem Blick feststellte, blieb gut sichtbar.
„Ich habe noch einen Termin."
Sie verabschiedeten sich. Völkel spürte den Drang, das Gebäude schnell zu verlassen. Von Anfang an hatten die Leute hier ihnen das Gefühl gegeben, fehl am Platze zu sein.
Er schaute sich auch nicht um, als sie aus dem Gebäude waren. Er wollte nicht, dass es noch einmal Wirkung auf ihn ausübte.
„Was sollte das mit der Heirat?", fragte Schober. „Hast du vielleicht selber so was vor?"
Eine blöde Bemerkung, fand Völkel. „Und du", fragte er deshalb, „planst du etwas?"
„Ich?" Schober war fast erschrocken über diesen Hinweis. „Ich schätze mal, es wird noch ein klärendes Gespräch geben, dann kann ich mir eine neue Freundin suchen."
„Da bin ich dir dann einen Schritt voraus", grinste Völkel.
„Wie, hast du schon eine Neue?"
„Das nicht. Aber ich brauche kein klärendes Gespräch mehr."
Sie lachten.
„Willst du jetzt wieder zurück nach Dortmund?"

„Mal sehen. Ich glaube, ich habe da eine Idee. Wenn du gestattest, würde ich die noch gerne verfolgen.“
Schober schmunzelte. „Ich weiß, du willst zum Düsseldorfer Standesamt und fragen, ob Gräfe und Daria das Aufgebot bestellt haben.“
„Das nicht gerade. Aber weit entfernt von meiner Überlegung bist du nicht. Ich melde mich, wenn ich was rausfinde oder wenn ich nach Hause fahre.“
Schober nickte. „Aber fahr nicht einfach so nach Hause. Gib mir vorher noch die Chance, dir einen Kaffee auszugeben.“

## 10.

Plötzlich tauchte ein BMW aus der Tiefgarage auf und bog in schneller Fahrt in die Seitenstraße ein. Völkel hatte gar keine Zeit gehabt, um gegenüber der Ausfahrt richtig einzuparken, da war der Wagen schon aufgetaucht. Das ist er, dachte er, jetzt nichts wie hinterher. Er gab Gas. An der nächsten Kreuzung bog der BMW nicht Richtung Innenstadt ab, sondern fuhr stadtauswärts. Verflixt, eine längere Verfolgungsjagd wäre nicht gut für ihn, er kannte sich in dieser Gegend nicht aus. Wenn es unübersichtlich würde und der BMW sein Tempo beibehielt, bestand die Gefahr, dass er ihn schnell aus den Augen verlor. Als er selbst an die Kreuzung kam, war gerade die Ampel auf der Hauptstraße auf Grün gesprungen. Um Gottes Willen, wenn er jetzt die Welle vorbeiließ, dann hätte er ihn sofort verloren! Völkel gab Gas, mit quietschenden Reifen schoss er um die Kurve und reihte sich noch gerade vor den anbrausenden Autos in den Verkehr ein. Der Fahrer hinter ihm protestierte wütend mit Lichthupe.

Reg dich ab, dachte Völkel, es ging nicht anders.

Sonst versuchte er in ähnlichen Fällen, ein, zwei Autos zwischen sich und dem Verfolgten zu lassen, jetzt fuhr Völkel so dicht wie möglich auf. Dafür, dass es schnell wieder genügend Abstand zwischen ihm und dem Verfolgten gab, sorgte schon der BMW-Fahrer. Warum ihm also freiwillig Vorsprung geben? Tatsächlich zischte der BMW in flottem Tempo vor ihm her. Geschwindigkeitsbegrenzungen schien der Fahrer nicht zu kennen.

Was wäre, wenn wir jetzt geblitzt würden, dachte Völkel. Dann würde ich für meine Hilfe bei der Polizei auch noch zur Kasse gebeten. Das fehlte noch.

Die Fahrt ging tatsächlich raus aus der Stadt. Völkel wusste nicht, was das zu bedeuten hatte. Er wusste nur, dass er dran bleiben musste, koste es, was es wolle.

An den Straßenschildern orientierte er sich, wohin sie fuhren. Sie waren eine Zeitlang in Richtung Mönchengladbach unterwegs, stellte er fest. Dann aber bog der BMW Richtung Erkrath ab. Jetzt waren sie endgültig raus aus der Stadt, nicht mehr Wohnhäuser begrenzten die Straßen, sondern Felder erstreckten sich zu beiden Seiten.

Er musste den Abstand ein bisschen größer halten, merkte er, denn einen Großteil der Strecke waren nur

sie beide unterwegs. Einerseits musste er dran bleiben, andererseits durfte er dem BMW-Fahrer auch nicht auffallen. An einer geschlossenen Bahnschranke standen sie für ein paar Minuten direkt hintereinander.
Jetzt bemerkt er mich, dachte Völkel. Jetzt steigt er aus und schimpft mit mir, warum ich ihn verfolge.
Er vermied den Blick nach vorn, blickte demonstrativ zur Seite, trommelte gelangweilt auf den Lenker den Rhythmus zu einer Musik, die er nicht hörte. Endlich war der Güterzug vorbei, die Schranken öffneten sich. Der BMW-Fahrer gab Gas, als wollte er die verlorenen Minuten aufholen. Völkel sputete sich, trotzdem schob sich ein Mercedes dazwischen. Der Fahrer überholte ihn mit hohem Tempo in einer langgezogenen Kurve. Ein Lebensmüder, dachte Völkel und bremste unwillkürlich ab, um ihn und damit auch sich nicht zu gefährden.
Sie kamen jetzt an einem Golfclub vorbei, der rechts von der Straße lag, und Völkel vermutete, dass dies das Ziel des BMW-Fahrers sein würde. Passen würde es zu ihm. Aber er fuhr weiter und bog kurz danach links in einen schmalen, aber asphaltierten Feldweg ein. Völkel zögerte. Wenn er auf dem Feldweg zu nahe hinter ihm wäre, würde der BMW-Fahrer ihn im Rückspiegel auf jeden Fall entdecken. Der Feldweg führte auf ein kleines Wäldchen zu, Völkel bog erst in den Feldweg ein, als der BMW im Schatten dieses Wäldchens verschwunden war. Vorsichtig näherte er sich, den BMW aber konnte er nicht mehr entdecken.

Plötzlich schimmerte das Dach eines Hauses zwischen den Bäumen hindurch. Völkel fuhr noch langsamer. Das Wäldchen lichtete sich, eine hohe Mauer wurde sichtbar, durchbrochen von einem schmiedeeisernen Tor, dessen breite Gitterstäbe mit ihren Spitzen an Speere erinnerten. Völkel bremste seinen Bora so, dass er vor dem Gitter zu stehen kam und auf das dahinter liegende Gelände blicken konnte.
Im Vordergrund befand sich ein kleiner Park mit Blumenbeeten. Es waren vor allem Tulpen, die dort blühten. Rechts von den Beeten befand sich die Auffahrt, die aus schneeweißen Kieselsteinen bestand. Dahinter stand, groß und einladend, ein zweistöckiges Gebäude im Stil eines englischen Landhauses. Die Fensterläden waren dunkelgrün gestrichen.
Sehr geschmackvoll, dachte Völkel, und vor allem sehr vornehm, das Haus, der Park und selbst die Auffahrt. Nicht ganz dazu passte allerdings ein flacher, saalähnlicher Anbau links von dem Haus, der wie nachträglich hinzugefügt wirkte. Als hätte der Besitzer noch Platz gebraucht für irgendwelche Gelegenheiten, so kam es Völkel vor.
Im Schatten eines Baumes rechts von dem Gebäude entdeckte er den BMW. Hierhin also ist er gefahren, dachte Völkel. Aber was ist das für ein Gebäude? Was will er hier?
Völkel fuhr weiter und parkte seinen Wagen hinter einem hohen Gebüsch, so dass es auf den ersten Blick, falls jemand kommen würde, nicht sichtbar war. Dann

lief er an der hohen Mauer entlang, konnte aber keine Möglichkeit entdecken, sich hochzuziehen und von dort aus auf das Gelände zu schauen. Also lief er weiter bis zu dem schmiedeeisernen Tor. Er drückte sich an die Mauer, lauschte und als er nichts hörte, blickte er vorsichtig um die Ecke.
Zuerst konnte er nichts entdecken. Das Gelände lag ruhig, wie ausgestorben vor ihm. Dann aber sah er die beiden Personen im Schatten des Hauses. Gräfe war der eine, der andere ein etwas älterer, vielleicht fünfzigjähriger Mann mit kurzen, grauen Haaren und einem schicken weißen Golfpulli, der am Hals blau abgesetzt war. Dazu eine weite, dunkelblaue Hose und weiße Turnschuhe. Auch aus der Entfernung fiel ihm auf, dass der Mann einen braunen Teint hatte. Sonnenstudiobräune, vermutete Völkel.
Sie redeten heftig miteinander, merkte er, obwohl er bei der Entfernung nichts verstehen konnte. Aber an den heftigen Bewegungen ihrer Arme merkte er, dass es um etwas ging, das beiden wichtig war. Einmal stieß Gräfe den anderen Mann auch an, so dass er einen Schritt zurückweichen musste.
Ob das ein Kunde war, überlegte er. Ob es da um Kredite oder Optionsscheine ging, die nicht den erwünschten Erfolg gebracht hatten? Oder um ganz was anderes?
Die sportlich-legere Kleidung des älteren, etwa fünfzigjährigen Mannes deutete nicht auf einen Geschäftstermin hin, aber was hieß das schon in diesen Kreisen? Völkel kannte sich bei diesen Leuten nicht aus. Für ihn

war es schon eine Leistung, dass er den Begriff Optionsscheine kannte, den ihm Kathrin vor kurzem erklärt hatte. Hochspekulative Papiere, bei denen man viel gewinnen, aber auch alles verlieren konnte. Also nichts für ihn.

Die Heftigkeit ihrer Unterhaltung deutete eher auf eine Meinungsverschiedenheit hin. Nein, ein Geschäftstermin, da war sich Völkel sicher, war das auf keinen Fall. Er streckte den Kopf vor, presste ihn an die Gitterstäbe, aber die paar Zentimeter Verkürzung des Abstands brachten natürlich nichts. Er konnte die beiden nicht hören.

Mist! Da hatte er eine gute Idee gehabt, eine, die sie vielleicht weiterbrachte bei der Suche nach Darias Mörder, und dann dies. Er kam einfach nicht ran an die beiden da drüben.

Dabei sagte ihm sein Instinkt, dass das Gespräch dort drüben, bei dem die beiden unvermindert heftig mit den Armen gestikulierten, etwas mit dem Fall zu tun hatte. Weshalb sonst sollte Gräfe sofort nach dem Gespräch mit Schober und ihm losgefahren sein, raus aus Düsseldorf, an diesen einsamen Ort. Weshalb sonst redeten sie so heftig aufeinander ein, dass es fast wie ein Streit aussah? Nein, irgendwas stimmte da nicht. Etwas passierte zwischen den beiden, das nichts mit den Bankgeschäften von Gräfe zu tun hatte.

Er blickte wieder an der Mauer hoch. Sie war eindeutig zu hoch, um darüber zu klettern, und über das Tor war es viel zu gefährlich. Einmal wegen der scharfen

Speerspitzen und dann natürlich, weil die beiden Männer ihn sofort entdecken würden. Keine Chance also.
Er spürte, wie er wütend wurde. Wütend auf die Mauer, auf das Gitter und die beiden Typen da drüben, die sich vor ihm verbarrikadiert hatten. Wütend auch auf sich selber, dass ihm keine Lösung einfiel.
Bevor er wegfahren wollte, kam ihm immerhin noch die Idee, mit seinem Handy Fotos zu machen von den beiden Männern. Er konnte sie Schober zuschicken, vielleicht könnte er etwas damit anfangen. Richtig überzeugt von der Idee war er aber nicht.
Er holte sein Handy raus, streckte seine Hand durch das Gitter und drückte den Auslöser. Auf dem ersten Foto war Gräfe sehr gut zu erkennen, auf dem zweiten war auch der andere Mann zu sehen, wenn auch etwas unscharf. Gerade, als er ein weiteres Foto machen wollte, gingen die beiden ins Haus. Zu spät.
Mist! Beinahe hätte er das laut ausgerufen.
Er schaute auf die Uhr, es war schon kurz nach zwei. Vielleicht sollte er eine weitere Nacht bei Kathrin und Patrick verbringen und morgen nach Hause fahren, überlegte er. Ja, warum eigentlich nicht? Es drängte ihn niemand, schnell nach Dortmund zurückzukehren.
So leise wie möglich fuhr er kurz darauf an dem Gittertor vorbei zurück zur Landstraße. Wenigstens sollten die beiden nicht merken, dass sie jemand beobachtet hatte.
Er war schon wieder auf der Landstraße Richtung Düsseldorf, als ihm eine Idee kam. Die sollte er noch

verfolgen, dachte er, dann würde er sich zurückziehen aus dem Fall. Endgültig.

## 11.

Der Raum, in den er geführt wurde, war ein dämmriger, fast dunkler Saal, der ringsum mit schwarzer Seide verhangen war. Harmoniumklänge, leicht anschwellend, erklangen, sie schienen aus allen Richtungen zu kommen. Zuerst war es Kirchenmusik, die den Saal erfüllte und ihn in eine Kathedrale zu verwandeln schien. Dann mischte sich eine Frauenstimme in die Klänge. Eine klare, sehr hohe Stimme, die sich aber wandelte. Immer leiser wurde sie, immer tiefer sang sie den Text, bis sie die Worte nur noch hauchte. Die feierliche Atmosphäre vom Anfang verschwand zugunsten einer schwülen Stimmung, zu der auch der Geruch beitrug, der plötzlich in der Luft hing. Es war eine Mischung aus Weihrauch, Rose und Apfel. Immer wieder prüfte er den Geruch, um ihn genauer zu bestimmen, aber es gelang ihm nicht.

Eine komische Mischung, dachte er, ob sie etwas zu bedeuten hatte?

Er blickte sich um. Neben ihm gingen andere Leute, ebenso mit einer Maske verkleidet wie er. Mal gingen sie allein durch den Raum, mal zu zweit. Berührungen wurden nach Möglichkeit vermieden. Wenn es doch mal in der Dunkelheit dazu kam, wurden sie ignoriert.

Ein leises Gemurmel war zu vernehmen, das von jenen ausging, die paarweise den Raum durchschritten.
Eine weitere Löwenmaske, so wie er sie trug, war nicht zu entdecken. Er nahm es mit Erleichterung zur Kenntnis, denn ein weiterer Löwe wäre ihm vorgekommen, als würde er sich selbst begegnen. Aber andere Tiermasken waren darunter, ein Hund, ein Ziegenbock, auch zwei Mönche in dunklem Umhang, die die Kapuze tief ins Gesicht gezogen und die Hände vor dem Bauch gefaltet hatten.
Es war nicht Demut, die sie ausstrahlten, der schnelle Gang, mit dem sie den Raum durchschritten, hatte vielmehr etwas Bestimmendes, fast Aggressives. Es war nicht die Kirche, sondern eine dunkle Macht, die sie verkörperten. Aber welche war es?
Plötzlich hörte er eine Stimme hinter sich. „Wenden Sie sich nicht nach mir um. Noch ist es Zeit, dass Sie sich entfernen. Sie gehören nicht hierher."
Einen Moment lang zögerte er, dann drehte er sich doch um. Aber es war niemand mehr hinter ihm zu sehen, für einen Moment kam es ihm nur so vor, als würde sich an den Seidenvorhängen ein Schatten entfernen.
Plötzlich, wie auf ein geheimes Kommando hin, sammelten sich alle Maskenträger im Kreis und ließen dabei einen Abstand von gut einem Meter zu ihren Nachbarn. Die Musik verstummte, nur noch die leisen Schritte der Letzten, die nach ihrem Platz im Kreis suchten, waren zu hören. Er beeilte sich, sich ebenfalls in den Kreis einzureihen, dann war es völlig still.

Einen Moment lang schloss er die Augen, um sich die Szene, die sich vor ihm abspielte, einzuprägen, dann ertönte ein sphärischer Klang und Schritte waren zu hören. Im nächsten Moment stand ein Mann in der Mitte des Kreises, ohne Maske, aber mit einer Kapuze, die sein Gesicht beschattete. Wie in einem Horrorfilm kam es ihm vor. Nichts war von dem Gesicht des Menschen zu sehen, in der Kapuze schien ein schwarzes Loch zu sein. Von der Decke schimmerte bläuliches Licht, so dass die Personen einen leichten Schatten warfen.
Dann ertönte eine tiefe männliche Stimme. Einen Moment lang war er irritiert, woher sie kam, dann merkte er, dass es der Kapuzenmann in der Mitte war, der sprach:

*„Arma virumque cano, Troiae qui primus ab oris*
*Italiam, fato profugus, Laviniaque venit*
*litora, multum ille et terris iactatus et alto*
*vi superum saevae memorem Iunonis ob iram;*
*multa quoque et bello passus, dum conderet urbem.“*

Er verstand nicht, was der Mann dort sagte. War es irgendeine Formel, eine Beschwörung, ein Zauberwort? Er wusste es nicht. Er wusste nur, dass es Latein war und dass damit jedes Bemühen, den Text zu verstehen, vergeblich war, denn er hatte alles, was er mal in Latein gelernt hatte, vergessen.
In dem Augenblick fuhr der Redner fort:
„Waffen besing ich und ihn, der zuerst von Trojas Gestaden aus,

durch das Geschick landflüchtig, Italien und die Küsten der Laviner erreichte, den Göttergewalt lange durch Meere und Länder
trieb wegen des dauernden Grolls der erbitterten Göttin Iuno.
Vieles erduldete er im Krieg, bis die Stadt er gegründet."

Lautes Rufen von jenen, die im Kreis standen, antwortete ihm, das nach Zustimmung klang.
Was ist das, dachte er, woher kenne ich das? Ist das ein altes Buch, von dem ich vor langer Zeit gehört habe? Mit Troja hat es zu tun, aber es handelt vom Ende des großen Krieges und von einem, der aus Troja floh und der viele Jahre unterwegs war. Aeneis, dachte er, ja, es ist Aeneis, der mit seinem Vater auf der Schulter aus dem brennenden Troja floh und nach langer Irrfahrt Rom gründete.
Wie zur Bestätigung folgten die nächsten Worte:
„Wie Sohn und Vater zusammenhielten, so halten auch wir zusammen. Wie der Sohn den Vater aus der brennenden Stadt trug und rettete, damit sie fern von Troja ihre neue Stadt gründen konnten, stehen auch wir einander bei und gründen eine Stadt. Unsere Stadt, die so stark und frei ist, wie die Welt noch keine andere gesehen hat."
Wieder gab es zustimmende Rufe, diesmal lauter als beim ersten Mal und auch erregter. Noch in die letzten Worte des Sprechers hinein fielen die ersten Zurufe.
Wie ein Priester kam ihm der Mann in der Mitte vor. Ein Priester, der seine Gemeinde zu einem Gottesdienst versammelt hatte und ihnen ihr Glaubensbekenntnis

vortrug. Und sie hatten dem zuzustimmen mit lautem, freudig erregtem Rufen. Und genau das taten sie, er glaubte, dabei ihre tiefe Erregung zu spüren.
Erst jetzt sah er, dass dieser Priester etwas in der Hand hielt. Eine Art Pendel war das, das er nun anfing zu bewegen. An seinem ausgestreckten Arm schwang es hin und her, zeigte mal in diese, mal in jene Richtung. Unten an dem Pendel befand sich ein kleines Gefäß, aus dem ein heller Rauch entwich. Diesmal war er sich sicher, dass er nach Apfel duftete. Gebannt starrte er darauf und merkte, dass das Pendel plötzlich auch in seine Richtung zeigte. Der Apfelgeruch wurde stärker, für den Bruchteil einer Sekunde erschrak er.
Die anderen, merkte er, starrten genauso darauf wie er. Verdammt, was hatte das zu bedeuten und was sollte dieser Geruch? Plötzlich wurde die sphärische Musik lauter und einschmeichelnder und im selben Moment spürte er, dass sich in seinem Rücken etwas bewegte. Was ist das, dachte er, was spielt sich hier vor mir und was in meinem Rücken ab?
Er drehte sich vorsichtig um und sah, dass eine Frau hinter ihm stand. Eine nackte Frau, deren Haut im Dämmerlicht bläulich schimmerte. Ihre Scham trat deutlich hervor. Über dem Kopf trug sie ein Seidentuch, so dass er nichts von ihren Augen sehen konnte. Schaute sie ihn an oder blickte sie durch ihn hindurch? Er wusste es nicht.
Als er den Kopf zur Seite wandte, bemerkte er, dass hinter jedem der Maskenmänner eine Frau stand, alle

waren sie nackt, alle trugen sie ein Seidentuch über dem Kopf. Jetzt verstand er gar nichts mehr. Was sollte das Pendel in der Hand des Priesters, was sollten die Frauen hinter den Maskenmännern, zum Kreis aufgereiht wie sie selbst?
Die Frauen waren schön, das sah er sofort. Sie hatten junge, feste Körper, etwa zwanzig Jahre alt waren sie, vielleicht ein wenig älter. Manche waren größer als er, andere kleiner. Auch zwei Schwarze waren unter den Frauen, deren Scham in der Dunkelheit nicht zu erkennen war, wiederum andere zierlich wie eine Asiatin.
Eine knisternde Spannung lag in der Luft und auch er spürte eine Erregung, wie er sie nicht erwartet hatte. Vorne der Oberpriester und im Kreis hinter ihnen die Priesterinnen, das war es, was er denken musste.
„Und nun wollen wir sehen, was die gerechte Vorsehung heute für uns bereit hält."
Der Oberpriester hauchte diese Worte, so dass sie im Klang der Sphärenmusik kaum zu verstehen waren. Die Maskenmänner neben ihm atmeten tief ein, strafften ihren Körper, hoben den Kopf und schienen zur Decke zu blicken. Wahrscheinlich hatten sie aber in diesem Moment die Augen vor Inbrunst geschlossen.
„Ja", riefen sie, „lass sie sprechen, die Vorsehung, die es immer gut mit uns meint. Lass sie auch heute für uns entscheiden."

# 12.

Als Völkel auf der Rückfahrt an der Hauptstraße in Erkrath ein Stehcafé entdeckte, suchte er sich spontan einen Parkplatz. Seit dem Frühstück hatte er nichts gegessen, ein Brötchen und eine Tasse Kaffee würden ihm gut tun, dachte er. Außerdem brauchte er Zeit, um in Ruhe nachzudenken.
Zu seiner Freude gab es Kümmelbrötchen mit Mett. Er bestellte sich gleich zwei davon, setzte sich ans Fenster und blickte auf die Straße.
Was war das jetzt für eine Begegnung gewesen, die er da gerade erlebt hatte? Hatte das wirklich etwas mit ihrem Fall zu tun? Nein, eine fundierte Antwort konnte er nicht darauf geben. Weder hatte er etwas von dem Gespräch mitbekommen, noch wusste er überhaupt, wer Gräfes Gesprächspartner gewesen war.
Es gab nur ein paar Umstände, die ihn stutzig werden ließen. Da war einmal das Tempo bei der Fahrt, die Gräfe sofort nach der Besprechung mit ihnen unternommen hatte. Wieso hatte er es so eilig gehabt? Einfach nur, um einen Termin einzuhalten, bei dem es um Optionsscheine oder Geldanlagen in Fonds ging? Dagegen sprach die Heftigkeit, mit der er das Gespräch geführt hatte.
Und dann dieser merkwürdige Ort! Ein Landhaus weit außerhalb von Düsseldorf, super gepflegt und abgeriegelt wie ein Hochsicherheitstrakt. Na ja, fast so. Wollte hier jemand seinen Besitz schützen oder sollten

Unbefugte mit allen Mitteln fern gehalten werden, weil es was zu verbergen gab?

Völkel biss in sein Brötchen und trank einen Schluck Kaffee. Draußen fuhr innerhalb kürzester Zeit der dritte Rollatorfahrer vorbei. War Erkrath etwa das Altersheim von Düsseldorf, oder war das inzwischen ein allgemeiner Trend, weil die Gesellschaft vergreiste? Er musste grinsen. Besser, er äußerte sich nicht zu diesem Thema, schließlich gehörte er inzwischen selber zum alten Eisen.

Eine Zeitlang dachte er nicht mehr an die Begegnung bei dem Landhaus, sondern beschäftigte sich allein mit den Kümmelbrötchen. Sie waren wirklich lecker. Schon zu seinen Zeiten im Dienst war es ihm gut gelungen, zwischendurch abzuschalten. Das brachte etwas, hatte er gemerkt. Es kamen ihm danach manchmal völlig neue Ideen. Und in dem Moment, als er das dachte, fiel ihm tatsächlich etwas auf.

Es gab vielleicht doch eine Möglichkeit, Licht ins Dunkel zu bringen. Na klar, dass er nicht sofort daran gedacht hatte!

Er schaute auf die Uhr. Jetzt war es schon kurz nach drei. Aus einer Bitte, eine Frage zu beantworten, waren inzwischen zwei Arbeitstage geworden. Er grinste. Warum nicht? Wirklich bedauern tat er das nicht. Es wartete ja niemand auf ihn.

Er zahlte und fuhr zum Studentenwohnheim. Klara war nicht in ihrem Zimmer. Er klopfte zweimal und als niemand antwortete, drückte er die Klinke. Die Tür war verschlossen.

Er ging runter in das Stockwerk, in dem Daria gewohnt hatte und lief den Flur entlang. Sarah Willert hieß die Studentin, die sie zuerst befragt hatten. Mist, dass sie sich nur den Namen, aber nicht die Zimmernummer hatten nennen lassen. Als er angekommen war, hatte er auch keinen Hausmeister gesehen. Wie sollte er sie jetzt ausfindig machen? Gerade, als er schon laut fluchen wollte, weil er sich allein auf dem Flur wähnte, hörte er aus einem Raum das Klappern von Besteck. Die Küche! Er blickte um die Ecke und tatsächlich, da stand Sarah am Herd und prüfte gerade, ob die Nudeln weich genug waren. Mit einer Gabel fischte sie eine aus einem dampfenden Topf.

An einem Tisch saß ein junger Mann und schaute ihr zu. Es war zwar ein Wohnheim für Mädchen, aber Männerbesuch war offensichtlich erlaubt. Warum auch nicht, dachte Völkel, vor allem, wenn es so gemütlich zuging wie hier. Die beiden Teller auf dem Tisch verrieten, dass Sarah gerade für ihn kochte.

„Oh, da störe ich bestimmt!“, rief Völkel. „Das tut mir Leid.“

Sarah blickte sich um und lächelte, als sie ihn erkannte. „Sie stören nicht. Setzen Sie sich zu uns und essen Sie ein paar Spaghetti mit. Wir haben sowieso zu viel.“

Völkel schaute auf den jungen Mann, der nicht so begeistert über den unerwarteten Besuch zu sein schien.

„Nein, danke, keine Spaghetti“, sagte er deshalb schnell. „Ich habe nur eine Frage, dann verschwinde ich sofort wieder.“

„Dann sollten Sie aber wenigstens etwas mit uns trinken.“ Sarah wartete Völkels Antwort gar nicht ab, sondern goss ihm Saft in ein Glas. Es war Ananassaft, stellte er fest, als er probierte.
Völkel setzte sich auf einen freien Stuhl am Tisch und wartete, bis Sarah die Nudeln auf die Teller gefüllt hatte. Dann holte er sein Handy raus.
„Darf ich Ihnen zwei Fotos zeigen? Es wäre nett, wenn Sie gucken würden, ob Sie jemanden von den beiden Männern zusammen mit Daria gesehen haben.“
Sarah mischte erst mit Löffel und Gabel die Soße unter die Nudeln, dann drehte sie sich ein paar um die Gabel, steckte sie in den Mund und nickte ihrem Freund zu. Völkel begann plötzlich doch, Hunger zu verspüren.
Erst jetzt nahm sie sein Handy in die Hand und schaute sich das Bild an, das Völkel von der Villa und den beiden Männern gemacht hatte, während ihr Freund keinerlei Interesse zeigte, sondern seelenruhig weiter aß.
Sie sah sich das Bild sehr lange an, führte es zwischendurch ganz nah vor die Augen, ließ den Abstand dann wieder größer werden. Völkel schaute ihr gespannt dabei zu.
„Ich habe noch ein zweites Bild“, sagte er, „allerdings ist darauf nur einer der beiden Männer.“
„Nein, lassen Sie ruhig. Ist schon in Ordnung.“
Endlich nickte sie.
„Ja, ich glaube, den einen von den beiden kenne ich“, sagte sie dann.

Nur den einen der beiden, das ist schade, dachte Völkel. Dann hatte sie genauso wie Lukas Bartels mitbekommen, dass Gräfe Daria mal nach Hause gebracht hatte. Sarah reichte ihm das Handy so zurück, dass sie beide gleichzeitig auf das Foto schauen konnten.
„Den da“, sagte sie und zeigte auf den anderen, den älteren Mann. „Den habe ich mal mit Daria zusammen gesehen.“
Völkel durchzuckte es. Wenn es so wäre, hätten das Landhaus und die Begegnung der beiden Männer doch etwas mit dem Mord zu tun.
„Sind Sie sich sicher? Meinen Sie wirklich den Älteren von den beiden und nicht den anderen?“
Sie nickte. „Ja, ich meine den in dem sportlichen Pulli, aber sicher bin ich mir nicht. Das Bild ist etwas verschwommen.“
„Was lässt Sie denn vermuten, dass Sie ihn schon mal gesehen haben?“
„Die kurzen, grauen Haare, die sportlich-legere Erscheinung. Wirkt ein bisschen aufgesetzt in seinem Alter, finden Sie nicht?“
Völkel nickte. Ja, so ähnlich hatte er das auch bewertet.
„Wie sicher sind Sie sich denn?“
„Ziemlich sicher.“
„Und wo haben Sie die beiden gesehen?“
„Unten auf dem Parkplatz hinter dem Haus. Da haben sie zusammen gestanden und miteinander geredet.“
„Haben sie sich gestritten oder war es ein normales Gespräch?“

„Ganz normal, würde ich sagen. Ich habe sie nur solange gesehen, wie ich den Parkplatz überquert habe. In der Zeit hat hauptsächlich der Mann geredet."
Völkel nickte. „Gut, dass sie die Begegnung nicht vergessen haben."
„Ich hätte sie bestimmt vergessen", antwortete Sarah, „wenn Daria sich danach nicht so komisch benommen hätte."
„Komisch? Inwiefern komisch?"
„Na ja, als ich sie am nächsten Tag darauf ansprach und ihr sagte, dass das aber ein interessanter Typ wäre, den sie da gestern getroffen hätte, hat Daria nichts von der Begegnung wissen wollen. Sie sagte, dass es ein ganz zufälliges Gespräch gewesen sei. Der Mann hätte irgendwas wissen wollen, was mit dem Heim zu tun habe, da hätte sie ihm eine Auskunft gegeben."
„Kann es nicht wirklich so gewesen sein?"
„Nein, nein. Das war kein zufälliges Gespräch. Die beiden haben da irgendetwas verhandelt, an dem auch Daria interessiert war. Sie war es, die zwischendurch eine Frage gestellt hat, nicht der Mann."
Völkel nickte zufrieden. Ja, es war gut gewesen, hierher zu gehen und das Foto vorzuzeigen. Und den Rest an Zweifel, dass Daria wirklich mit dem Mann gesprochen hatte, könnte vielleicht Klara ausräumen, hoffte er. Wenn er sie doch bloß erwischen könnte.
„Und den anderen Mann, kennen Sie den?"
Sie schüttelte den Kopf. „Nein, den habe ich noch nie gesehen."

Dann hatte Gräfe vielleicht doch Recht, dass zwischen den beiden nichts gelaufen ist, dachte Völkel. Oder sie hatte den Kontakt zu ihm geheim gehalten vor allen anderen, die sie kannte. Nur Bartels bildete eine Ausnahme, weil er sie zufällig gesehen hatte.
Er bedankte sich bei Sarah und wünschte den beiden weiterhin einen guten Appetit. Dem Mann, merkte er, musste er das gar nicht wünschen. Er hatte in all der Zeit nichts gesagt und sich ganz auf seine Nudeln konzentriert. Irgendwie ein Typ, der sich auf das Wesentliche konzentrieren konnte, dachte er.
Völkel lief noch mal das Stockwerk hoch und klopfte an Klaras Tür. Auch jetzt gab es keine Antwort. Mist, es wäre gut gewesen, wenn Klara die Angaben von Sarah bestätigt hätte. Dann könnte er sicher sein, dass sie sich nicht getäuscht hatte.
Aber gerade, als er das Wohnheim verlassen wollte, kam sie ihm entgegen.
„Wollten Sie zu mir?“
„Ja, ich muss Ihnen was zeigen.“
„Ich hatte heute spät ein Seminar. Über Heinrich den Vierten, einen Roman von Heinrich Mann.“ Sie schwieg einen Moment lang als erwartete sie Zustimmung, aber Völkel konnte dazu nichts sagen. Er hatte noch nie von diesem Roman gehört. Stattdessen holte er sein Handy aus der Tasche und zeigte ihr die Fotos.
„Nein, die beiden habe ich noch nie gesehen“, sagte sie.
Völkel war enttäuscht.
„Wirklich nicht?“

Sie schüttelte den Kopf. „Nein, ich weiß nicht, wer die beiden sind. Hatten die beiden Männer was mit Daria zu tun?“

Völkel zuckte mit den Schultern. „Vielleicht, wir wissen es nicht so genau. Deshalb habe ich Sie ja gefragt.“

„Tut mir Leid, dass ich Ihnen nicht helfen kann.“

Gut, hier kam er nicht weiter. Völkel verabschiedete sich. Wenn Daria den älteren der beiden Männer gekannt hatte, war es auf jeden Fall nur eine flüchtige oder zufällige Bekanntschaft gewesen. Wenn es überhaupt eine gewesen war. Ganz wollte er diesen Gedanken immer noch nicht fallen lassen. Sarah hatte jedenfalls behauptet, dass sie die beiden nur zufällig gesehen hatte, bei einem Gespräch auf dem Parkplatz. Also konnte es keine tiefer gehende Bekanntschaft gewesen sein, folgerte er weiter, sonst hätten sich die beiden woanders getroffen, in einem Café vielleicht oder sogar in ihrem Zimmer. So ein freundschaftlicher oder intimer Kontakt war es also nicht gewesen. Wenn, dann war der Mann höchstens hierher gekommen, um Daria etwas mitzuteilen. Daher auch die Frage, die sie ihm gestellt hatte, wie Sarah es beobachtet hatte. Daria musste seine Mitteilung nicht sofort verstanden haben. Damit war auch klar, warum Klara nichts von ihm wusste. Es konnte nur eine Begegnung irgendwie am Rande gewesen sein, die aber vielleicht trotzdem etwas aussagte. Über Daria, womöglich sogar über den Mord.

Es war jetzt kurz nach vier, Völkel spürte, dass der Tag ihn angestrengt hatte. Er holte Schobers Handynummer

raus und schickte ihm die beiden Fotos. Dazu schrieb er ihm einen knappen Kommentar. Sollte Schober zusehen, was er damit anfangen konnte.
Anschließend fuhr er zum Rhein und parkte auf dem Parkplatz, auf dem er Schober gestern getroffen hatte. Der Himmel zog sich zu, nur ab und an trat die Sonne zwischen den Wolken hervor. Aber es war angenehm warm. Genau richtig für einen Spaziergang am Rhein entlang. Er genoss den weiten Blick rheinabwärts. Ein einladender Anblick, darum wunderte er sich, dass ihm so wenig Spaziergänger entgegen kamen. Sahen die Düsseldorfer nicht mehr, wie schön es hier war? Vermutlich nicht, dachte er. Reizvoll ist so eine Landschaft vor allem für die, die sie nicht täglich sehen. Trotzdem, so einen breiten Fluss mit Wiesen wie am gegenüberliegenden Ufer wünschte er sich für Dortmund. Dort gab es aber keinen Fluss, sondern nur die B1, die dicht befahren die Stadt durchschnitt.
Plötzlich zog ein Gebäude seine Aufmerksamkeit auf sich. Alte Filmplakate hingen in den Fensterscheiben, die Filme ankündigten, die er als Jugendlicher vor vielen Jahren gesehen hatte. Was ist das denn für ein Kino, dachte er und ging hinüber. Es war ein Filmmuseum, stellte er fest, das aber schon gleich, in nicht mal zwanzig Minuten, schließen würde. Zu spät für einen Besuch also. Er seufzte und ging weiter. Was wohl Kathrin dazu sagen würde, dass er noch immer in Düsseldorf war?

# 13.

Der Mann fuhr jetzt betont langsam. Er merkte, dass er sich beruhigen musste, denn dort, wohin er wollte, durfte er auf keinen Fall erregt erscheinen. Nicht, weil das an dem, was ihn so tief bewegte, etwas ändern würde. Nein, das würde es nicht mehr. Es schmerzte ihn, wenn er daran dachte. Verdammt, dass es so endgültig war, dass sich, egal was er tat, nichts mehr daran ändern ließ.

Er spürte einen starken Druck auf der Brust, der sich einfach nicht lösen wollte.

Aber er brauchte seine innere Ruhe, um zu klären, was es zu klären gab. Das war ihm noch wichtig, nämlich die Gründe herauszufinden, die Verantwortung für das, was geschehen war. Und er ahnte, dass ihm dazu keine klare Antwort gegeben würde, wenn er sie nicht selbst herausfände.

Niemand wusste besser als er, wie man mit so wichtigen Verhandlungen umzugehen hatte. Innerlich ruhig musste man sein, besser noch eiskalt. Nur so konnte man die ganze Spannbreite dessen entfalten, was man einfach drauf haben musste. Bluffen, cool sein und geschickt irgendwelche Scheinziele aufstellen, um ein anderes, wichtigeres zu erreichen. Er beherrschte das. Ganz selbstverständlich gehörte das zu seinem Repertoire. Er hatte das schon immer gekonnt, lange bevor er es aus beruflichen Gründen können musste. Es war Teil seines Wesens. Aber er konnte das nur, wenn er die

innere Ruhe dazu besaß. Deshalb war es wichtig, sie in der restlichen Zeit, die ihm blieb, zu finden.
Es war stockfinster um ihn herum, nirgendwo gab es eine Straßenlaterne. Aber das war kein Problem, er kannte den Weg, den er fahren musste. Allerdings musste er ihn aufgeblendet fahren, sonst drohte er, doch vom Weg abzukommen. Oder ein Tier stand plötzlich auf der Fahrbahn.
Eigentlich war er diesen Weg immer gerne gefahren, obwohl dieser so dunkel war, fiel ihm ein. Aber das war ihm immer wie ein Symbol vorgekommen. Durch die Dunkelheit fuhr er ins Licht. Aber jetzt war ihm diese Fahrt vergällt worden. Jetzt spürte er nichts mehr von der Vorfreude und der Lust, die er früher empfunden hatte. Sie wollte sich nicht mehr einstellen, nein schlimmer noch, sie war einer tief sitzenden Beklemmung gewichen, die ihn nicht mehr losließ. Nur noch ein Nachhall der alten Vorfreude war in ihm, merkte er, aber der kam ihm abgeschmackt vor. Kalt und abgestanden.
Musste er deshalb neu über sich nachdenken? Nein, das musste er nicht. Er war der, der er war. Immer noch. Und das war gut so.
Diese Pimpfe von der Polizei, was bildeten die sich eigentlich ein, ihn zu befragen? Woher nahmen sie die Dreistigkeit, ihn bei einer Begegnung zu beobachten? Gut, sie hatten nicht ihn, sondern den anderen beobachtet, der sich an ihn herangemacht hatte. Aber ihn anschließend darüber zu befragen war eine Zumutung

gewesen. Was es zu klären gab, würde er selber klären. Jemand wie er brauchte dazu keinen anderen, erst recht nicht die Polizei.
Er atmete tief durch. Er sollte das nicht denken, merkte er, denn die innere Unruhe wich zwar, aber sie machte dafür einem Ärger Platz, der ihn ebenfalls ablenkte. Ruhig, dachte er, bleib ganz locker. Das war seine innere Anrede, wenn er sich auf wichtige Gespräche vorbereitete. Nun merkte er, dass er das schon lange nicht mehr gedacht hatte. Ruhig sein, locker bleiben.
Er grinste, denn in dem Moment, in dem er das dachte, stellte sich die innere Ruhe auch ein.
Er fuhr wieder etwas schneller. Jetzt könnte es kommen, das Gespräch, jetzt war er innerlich bereit dazu.
Als er im nächsten Moment um eine leichte Biegung fuhr, zuckte er zusammen. War da etwas gewesen? Hatte sich etwas in der Dunkelheit bewegt? Ein Tier vielleicht? Rehe hatte er hier schon zweimal auf der Fahrbahn gesehen. Wenn sie ins Scheinwerferlicht gerieten, waren sie wie gelähmt und blieben stocksteif stehen. Er wollte nicht, dass sein Wagen beschädigt wurde, und starrte nach vorn. Aber da war kein Reh. Stattdessen hatte er das Gefühl, dass sich am Wegrand etwas bewegte. Dass da etwas in der Dunkelheit stand, was er aber nicht genau erkennen sollte. Sollte er bremsen und nachschauen? Oder sollte er einfach weiterfahren? Es gelang ihm nicht, eine Entscheidung zu fällen, zu schnell ging alles. Er merkte nur, dass er immer langsamer wurde und sein Wagen schließlich nur noch rollte.

Er müsste wieder Gas geben, dachte er. Er müsste weg hier, denn die Situation war ihm plötzlich nicht mehr geheuer. Wenn es kein Tier war, was war es dann? War es eine Person? Aber warum zeigte sie sich dann nicht? Angestrengt blickte er nach vorne und fuhr eine Schlangenlinie, damit sich die Scheinwerfer für einen Moment auf den Waldrand richteten. Tatsächlich, da stand ein Auto, im Schatten eines Busches, so dass er nicht genau erkennen konnte, was für eines es war.

Ein Auto mitten auf freier Strecke, aber keine Person, die dazu gehörte. War da vielleicht etwas passiert? Dann müsste er helfen. Andererseits, was ging es ihn an, wenn jemand in Not war, vielleicht sogar durch eigenes Verschulden. Sollte er dafür seinen Plan für heute Abend aufgeben? Nein, dazu war alles das, was ihn betraf, viel zu wichtig. Was brachte es, Rücksicht zu nehmen? Nichts brachte das.

Er drückte aufs Gaspedal, der Motor heulte auf. In dem Moment sah er, dass sich was am Gebüsch bewegte. Also war doch jemand da. Verdammt, was sollte das? Wollte ihn da jemand auf die Probe stellen, vielleicht sogar auf den Arm nehmen?

Entschlossen trat er auf die Bremse und stieg aus.

„Hallo“, rief er, „ist da jemand?“

Keine Antwort.

„Hallo, ich sehe doch, dass da jemand ist. Nun sagen Sie schon, was los ist.“

Wieder keine Reaktion.

Verdammt, das war doch lächerlich. Wollte der Typ jetzt Hilfe haben oder wollte er etwas anderes von ihm? In jedem Fall sollte er sich zeigen. Dieses Versteckspiel war nichts anderes als Kinderei, für die ihm seine Zeit zu schade war.

Gerade, als er wieder zurück ins Auto steigen wollte, blendeten plötzlich die Scheinwerfer des anderen Wagens auf. Von einem Augenblick zum anderen stand er im Lichtkegel. Er bückte sich, beugte sich zur Seite, um an den Scheinwerfern vorbei zu dem anderen Auto zu blicken. Aber er schaffte es nicht. Tränen traten ihm in die Augen, für einen Moment musste er sie schließen, so grell war das Licht.

Und genau in dem Moment spürte er, dass er hilflos war, dass er dem anderen, der sich nicht zeigte, völlig ausgeliefert war. Da begriff er. Ob sich Daria auch so gefühlt hatte, in dem Moment, als sie …? Um Gottes Willen, wenn es so wäre, dann wäre jetzt auch er …

Weg hier, kam es ihm in den Sinn, einfach nur verschwinden von diesem Ort, der ihm von Anfang an nicht geheuer gewesen war. Warum hatte er sich nicht auf seinen Instinkt verlassen? Sein Instinkt hatte ihn noch nie betrogen, er war immer sein bestes Kapital gewesen. Aber er hatte sich, wenn er es genau bedachte, schon vorher nicht mehr auf seinen Instinkt verlassen. Warum nur, was war in ihn gefahren? Wenn er es getan hätte, das spürte er deutlich, wäre er jetzt nicht in dieser Situation. Dann wäre auch das, was vorher passiert war, nie geschehen.

Mit einem Ruck versuchte er, in sein Auto zu springen, um sofort Gas zu geben und an dem, der da neben dem aufgeblendeten Auto stand, vorbeizurasen. Aber er schaffte es nicht einmal mehr bis auf den Fahrersitz. Ein Knall ertönte, laut und nachhallend. Im selben Augenblick riss ihn ein Schlag nach hinten. Er spürte einen stechenden Schmerz in der Brust, der wie Feuer brannte.
Was war das jetzt, dachte er, und wusste doch genau, was es gewesen war. Um Himmels Willen, das durfte nicht wahr sein. Das durfte einfach nicht geschehen, nicht mit ihm. Er fühlte, wie er nach hinten stürzte, aber noch bevor er aufschlug, hörte er einen zweiten Knall, spürte einen zweiten, stechenden Schmerz.
War es das jetzt, dachte er noch, hört das jetzt auf mit dem Knall und dem Schmerz?
Er wusste selbst, dass es ein dummer Gedanke war, der ihn da durchzuckte. Aber es war der letzte, den er hatte. Danach wurde es still um ihn, still und tiefschwarz.

## 14.

Am nächsten Morgen, es war Donnerstag, saß Völkel wieder zusammen mit Kathrin und Patrick am Frühstückstisch.
„Dass du noch da bist!“, sagte Kathrin, während sie sich ein Brötchen mit Marmelade beschmierte. „Also, ich weiß nicht …“
„Freust du dich nicht? Soll ich etwa gehen?“

„Nein, nein, das meine ich nicht. Um Gottes Willen, wir freuen uns doch, wenn du da bist, Patrick und ich.“ Sie brach ab und schaute ihn durchdringend an. Völkel wusste genau, was sie jetzt dachte. Und sie hatte Recht, es stimmte ja, was sie vermutete.
„Da läuft doch nichts, Papa, oder?“
„Opa ist noch da!“, rief Patrick in diesem Moment und half Völkel unbewusst aus der Verlegenheit.
„Ja, dein Opa ist noch da. Freust du dich?“, bekräftigte er den Kleinen und sah dabei Kathrins Gesicht, das zweierlei auszudrücken schien. Verärgerung, weil er ihr auswich, und Schmunzeln, weil sie akzeptiert hatte, dass er sowieso unverbesserlich war.
„Bringst du mich wieder zum Kindergarten?“
„Klar mache ich das.“
„Und dann“, fragte Kathrin, „was machst du dann?“
Sie ließ also doch nicht locker, merkte er. Sie war so beharrlich wie er selbst.
Er zuckte mit den Schultern, was nicht gelogen war. Er wusste es wirklich nicht.
„Vielleicht fahre ich zurück nach Dortmund. Rolf wird vielleicht schon angerufen haben und sich wundern, wo ich geblieben bin.“
„Wird er nicht“, antwortete Kathrin, „ich habe ihn informiert, dass du bei uns bist.“
Er begann jetzt selbst, sich ein Brötchen mit Marmelade zu schmieren. Es war Kirschmarmelade, die er am liebsten mochte.
„Oh, das ist ja nett. Danke für die Fürsorge.“

„Hör auf, Papa, du kannst mich nicht reinlegen. Du weißt, was du machen kannst und was nicht. Und wenn du es zwischendurch vergessen solltest, weiß wenigstens ich es und sage es dir."
„Was weiß Opa nicht?", fragte Patrick.
„Hör auf, Patrick", antwortete Kathrin. „Lass Mama mal einen Moment allein mit Opa reden."
„Ja, lass sie das mal", grinste Völkel, „Mama meint nämlich, dass Opa noch so klein ist wie du."
Kathrin legte demonstrativ das Messer zur Seite. Jetzt war sie wirklich verärgert, gleichzeitig versuchte sie, sich ihren Ärger nicht anmerken zu lassen.
„Versteh doch, Papa. Du kannst dich mit deiner Verletzung nicht mehr in irgendwelche Abenteuer stürzen. Die Zeiten sind vorbei." Sie sah ihn an und versuchte dabei ein Lächeln. „Ich bin froh, dass du hier neben uns sitzt." Sie schwieg einen Moment lang. „Eine Zeitlang hat es nicht danach ausgesehen. Also, keine Experimente, versprich mir das."
Er nickte. Sie meinte es ehrlich, sie war wirklich besorgt um ihn. Es tat ihm gut, das festzustellen.
„Also gut, ich verspreche es. Keine Experimente." Wenigstens diese Hintertür wollte er sich offen halten, denn was Experimente waren, konnte man ja so oder so auslegen.
Sie bemerkte es nicht und nickte zufrieden.
„Ruf mich zwischendurch an, wie du dich entschieden hast. Ich will wissen, ob du noch hier bist oder wieder auf dem Weg nach Dortmund."

Auch das versprach er ihr.
Kurz darauf war er wieder mit Patrick unterwegs zum Kindergarten.
„Warum bist du auch noch klein, Opa?“, fragte Patrick.
Völkel verstand zuerst nicht, was er meinte, bis er begriff, dass dem Kleinen noch immer das Gespräch am Frühstückstisch durch den Kopf ging. Er musste lachen.
„Nein, Mama meint das ganz anders. Mama meint, dass Opa zu alt ist, um bei der Polizei zu arbeiten. Da hat sie Recht, Opa ist ja jetzt auch Rentner.“
Er wusste nicht, ob der Kleine das Wort Rentner verstand, aber Patrick fragte nicht nach.
Eine Kindergärtnerin nahm Patrick am Eingang in Empfang.
„Es ist gut, dass Sie öfter nach Düsseldorf kommen, Herr Völkel“, sagte sie. „Jungen brauchen eine männliche Orientierung. Patrick auch.“
Völkel war erstaunt über die Offenheit. Machte der Kleine etwa Probleme? Sie sah seinen fragenden Blick.
„Nein, machen Sie sich keine Sorgen“, beeilte sie sich zu sagen. „Patrick ist prima. Ich meine das ganz allgemein.“
Völkel glaubte ihr nicht. Sie hatte ihm was sagen wollen, ganz eindeutig. Etwas, das er so ähnlich auch dachte. Es war nicht gut, dass Kathrin und der Kleine allein waren. Es war schon eine merkwürdige Beziehung zwischen ihm und seiner Tochter, dachte er dann. Irgendwie hatte er bei ihr den männlichen Part übernommen,

für den sie sorgen konnte, wie andere Frauen für ihren Partner. Richtig war das nicht. An zweiter Stelle müsste er stehen, dachte er, hinter einem Mann an ihrer Seite, der zu ihr passte. Oder besser noch an dritter Stelle. Hinter diesem Mann und hinter Patrick natürlich, so wäre es richtig. Aber es ihr klar zu sagen, wagte er nicht. Sie würde das als Einmischung begreifen und es schroff zurückweisen. Und danach wäre der Kontakt fürs erste gestört.

Er nahm Patrick zum Abschied in den Arm. Wahrscheinlich würde er ihn jetzt ein paar Wochen lang nicht sehen. Die Kindergärtnerin lächelte, als sie die Szene beobachtete.

„Bis heute Abend“, sagte Patrick.

Völkel wagte nicht, ihm zu erzählen, dass er es anders plante.

Er ging zurück zu Kathrins Wohnung, zu der er, weil sie es wünschte, immer einen Schlüssel hatte. Packen musste er nichts, Schlafanzug und Zahnbürste blieben hier für seinen nächsten Besuch. Wenn er es mitnehmen würde, würde Kathrin es als Affront auffassen. Er setzte sich ins Auto und fuhr an den Rhein. Es war neun Uhr, als er bei Sonnenschein am Ufer entlang spazieren ging. Der Wind, der ihm ins Gesicht wehte, war frisch und tat ihm gut. Wenn er jetzt noch im Dienst wäre, dachte er, wäre er sauer. Zwei Tage lang hatte er in diesem Fall wie im Nebel rumgestochert und nichts Handfestes herausgefunden, mit dem er Schober helfen konnte. Das hätte ihn vor ein paar Monaten mehr

geärgert als es ihn jetzt ärgerte. Aber gleichgültig war ihm diese Sache jetzt auch nicht mehr.
Er blieb stehen, ein Ausflugsdampfer fuhr vorbei. Menschen standen an der Reling und schauten zum Ufer. Völkel schaute ihm nach, bis er hinter einer Biegung des Flusses verschwunden war, dann ging er weiter. Noch ein Stückchen am Rhein entlang, dachte er, dann gehe ich zurück und fahre nach Dortmund. In der Mittagszeit müsste ich dort sein. Genau in diesem Moment klingelte sein Handy. Es war Schober, der ihn anrief.
„Bist du noch in Düsseldorf?"
„Ja, ich stehe hier am Rhein." Es kam ihm so vor, als würde Schober erleichtert aufatmen.
„Was ist denn? Ist was passiert?"
„Gräfe ist ermordet worden."
Einen Moment lang herrschte Schweigen zwischen ihnen.
„Gräfe? Wo denn?"
Völkel merkte selbst, dass es eine hilflose Frage war, die nichts anderes als seine große Überraschung ausdrückte. Dass es noch einen Mord in diesem Zusammenhang geben könnte, und dass es dabei Gräfe erwischen könnte, hätte er nie und nimmer erwartet.
„Er liegt an der Böschung einer Autobahn. Erschossen."
„Willst du, dass ich dazukomme?"
Er ahnte, dass Schobers Erleichterung, ihn noch in Düsseldorf erreicht zu haben, damit zu tun hatte.
„Wie sieht`s mit dir aus? Hast du die Nase schon voll von dem Fall?"

„Ich weiß nicht“, antwortete er. „Der Gräfe war mir nicht geheuer. Bei dem, da war ich mir sicher, könnte irgendwas laufen, was im Hintergrund mit dem Mord an Daria zu tun hat. Aber nicht, dass er selbst ermordet würde.“
„Weiß ich. Ich habe ja deine Fotos gesehen. Du bist ihm gestern noch gefolgt, stimmt´s?“
„Sieht jetzt so aus, als hätte ich ihm Unrecht getan. Vielleicht ist mein Instinkt doch nicht mehr so gut wie früher.“
„Komm, hör auf. Du willst doch nur, dass ich dir jetzt widerspreche. Du hattest das richtige Näschen, mit Gräfe war was. Nur was mit ihm war, das hast du nicht geahnt. Also, was ist? Kommst du nun? Dann könnten wir auch über die Fotos sprechen.“
Völkel seufzte, dann ließ er sich von Schober genau den Ort beschreiben, an dem Gräfe gefunden worden war. Ein paar Mal musste er nachfragen, weil er Straßen und Wege nicht kannte. Schließlich war er sich sicher, den Ort an der Autobahnböschung zu finden.
Trotzdem hatte er Mühe. Einmal musste er Schober anrufen, weil er merkte, dass er sich hoffnungslos verfahren hatte.
„Wie wär´s mit einem Navi?“
„Ich? Noch? In meinem Alter?“
Schließlich stand er neben Schober. Es war eine Autobahn, die nach Mönchengladbach führte, weit außerhalb der Stadt Düsseldorf. Er wusste es von Schobers Beschreibung, sehen konnte er das nicht, denn

eine hohe Lärmschutzwand versperrte die Sicht. Nur der Lärm der vorbeibrausenden Autos und Lastwagen drang zu ihnen herüber. Die Böschung war grasbewachsen, ein schmaler Trampelpfad, bei dem der lehmige Boden hervortrat, führte daran vorbei. Auf der anderen Seite schloss sich eine hohe Hecke an, hinter der Gärten lagen. Erst im Abstand von dreißig oder vierzig Metern standen die ersten Häuser. Immer noch zu nah für den Lärm von der Autobahn, fand Völkel, denn der musste auch dort noch nervtötend sein.

Die Leiche lag am Fuße der Böschung, gut zwanzig Meter entfernt von der Straße, auf der Völkel hierher gefahren war. Die Spurensicherung war schon bei der Arbeit, zwei Männer, eine Frau in Schutzkleidung. Schober beobachtete sie ruhig dabei.

Kein schlechter Ort für einen Mord, fand Völkel. Der Lärm der Autobahn, der nachts nur unwesentlich geringer war, übertönte jedes Geräusch, das der Mörder verursacht haben musste. Außerdem war es dunkel hier und Passanten, die zufällig vorbeikamen, waren nicht zu erwarten.

Schober begrüßte ihn, Völkel sah die tiefen Falten auf seiner Stirn.

„Mann, dass ich so schnell nach meinem Wechsel hierhin in einen Fall mit zwei Morden geraten würde …“

„Mörder fragen nicht nach den Befindlichkeiten von Polizisten und schon gar nicht, ob sie seit langer oder kurzer Zeit ihrer Arbeit nachgehen“, antwortete Völkel. „Wer hat ihn denn gefunden?“

„Ein Jogger, der regelmäßig zwei-, dreimal in der Woche morgens hier vorbeiläuft. Ich habe ihn schon befragt, der Mann hat garantiert nichts mit der Sache zu tun. Der stand noch richtig unter Schock, als wir kamen. Er hat mir gesagt, dass er hier, direkt an der Autobahn, eigentlich nie einem Menschen begegnet."
Völkel nickte. „Klar, das hat der Mörder auch gewusst."
„Der Mord hat aber nicht hier stattgefunden, so viel wissen wir schon. Gräfe ist woanders ermordet und dann hierher gebracht worden."
„Das ändert nichts. Dann hat der Mörder eben gewusst, dass er ihn hier ungestört ablegen kann."
„Was meinst du? Hat er geglaubt, dass wir ihn hier nicht so schnell finden würden?"
Völkel drehte sich um und sah hinüber zur Straße. Der Abstand war nicht besonders groß. Wer vorbeikam, konnte auch von dort aus den Leichnam sehen.
„Glaub ich nicht. Ich denke eher, dass er Spuren verwischen wollte. Der Tatort würde etwas über ihn verraten, deshalb hat er ihn hierher gebracht. Vielleicht war es seine Wohnung oder ein anderer Raum, von dem aus eine Spur zu ihm führt."
Schober nickte. „Das denke ich auch. Es ist zwar nicht die ideale Joggerstrecke, aber dass welche hier vorbeikommen würden, damit musste er rechnen."
„Wisst ihr schon etwas über die Tatzeit?"
„Gestern spät abends wahrscheinlich, sagt der Doc."
Also ein paar Stunden, nachdem ich ihn beobachtet

habe, dachte Völkel. Er ging nahe an die Leiche heran. Gräfes Augen waren weit aufgerissen, Schrecken stand darin zu lesen und, so empfand es Völkel, auch eine Frage. Die Frage vielleicht, warum das, was geschehen war, mit ihm passierte.
Im Brustkorb sah er die beiden Einschussstellen mit dem verkrusteten Blut drum herum. Er blickte schnell weg, denn er war sich nicht sicher, ob er seine Panikattacken wirklich überwunden hatte. Es wäre blöd, wenn sie gerade jetzt wieder aufträten, vor Leuten, die nichts von ihm wussten.
„Pistole oder Gewehr?", fragte er den Doc, der zuerst ihn, dann Schober fragend ansah. Erst als Schober nickte, antwortete er.
„Pistole. Genaueres werden die ballistischen Untersuchungen zeigen. Das dauert aber noch ein bisschen."
Völkel nickte und blickte sich um. Ein geschickt gewählter Ort, um eine Leiche abzulegen, dachte er.
Ob der Mörder die Stelle gekannt hatte? Dann wäre er wirklich gut über die Gegend informiert. Wenn nicht, hätte er lange danach suchen müssen. Ob das jemand riskieren würde? Mit einer Leiche im Kofferraum durch die Gegend fahren, bis er einen einsamen Ort gefunden hatte, der ihm die Chance gibt, sie ungestört abzulegen, dann ungesehen abzuhauen, und der noch dazu nichts über ihn selber preisgab?
Schober neben ihm war auch nachdenklich. Er hatte, wie er das früher auch gerne getan hatte, die Hände in die Taschen gesteckt, blickte sich um und schien sich

alle Details genau einzuprägen. Völkel wusste, dass er das auch wirklich schaffte. Schober hatte ein gutes fotografisches Gedächtnis.
„Wenn du alle Bilder gesammelt hast, die dir wichtig sind, könnten wir uns irgendwo zu einer Tasse Kaffee zusammensetzen", schlug Völkel vor.
Schober grinste und nickte.
„Du kennst mich gut", antwortete er. „Es ist wie früher. Nur dass wir jetzt an einem anderen Ort arbeiten."
„Du arbeitest, nicht ich. Ich habe Freizeit."

## 15.

Völkel und Schober fanden einen Biergarten gar nicht weit vom Tatort entfernt, in dem sie eine Tasse Kaffee trinken konnten. Die Gastronomie sah zwar noch geschlossen aus, aber Schober war einfach auf den Parkplatz neben dem Biergarten gefahren, und Völkel war ihm gefolgt. Der Wirt wischte zufällig die Stühle ab. Als sie ihn fragten, ob schon geöffnet wäre, schüttelte er zuerst den Kopf, war aber dann bereit, ihnen einen Kaffee zu kochen.
Sie nahmen an einem Tisch unter einer großen Linde Platz. Ein schöner Ort, fand Völkel, der fast so etwas wie Urlaubsgefühle auslöste. Während sie auf den Kaffee warteten, informierte Schober über Handy seinen Kollegen Brauner und bat ihn, alles über Gräfe rauszusuchen, was er finden konnte.

Völkel wunderte sich, dass Brauner nicht mit am Tatort gewesen war.
„Wir sind chronisch unterbesetzt“, erklärte Schober. „Ich kann Brauner schlecht von anderen Fällen abziehen, darunter ist noch ein weiterer Mord.“
Er stöhnte und rieb sich die Stirn.
„Ach, und da kommt der pensionierte Kollege als Aushilfe gerade recht.“
Völkel meinte seinen Einwand wirklich ernst, ausnutzen lassen wollte er sich nicht.
„Komm, so war das nicht geplant, glaub mir. So was würde ich nie tun, das weißt du doch.“
Völkel sah ihn prüfend an.
„Aber jetzt, in dieser Situation, muss ich ihn wohl von den anderen Fällen abziehen“, fügte er hinzu.
In diesem Moment kam der Kaffee. Egal, dachte er, Schober wird wissen, was er tut. Warum soll ich mich mit ihm streiten? Wir haben uns immer vertragen, das soll auch so bleiben. Deshalb vermied er es auch zu fragen, was mit seiner Lehrerin war. Es interessierte ihn zwar, ob sie sich gestern Abend getroffen und ausgesprochen hatten oder ob inzwischen alles aus war. Es interessierte ihn einfach deshalb, weil er wollte, dass es Schober gut ging.
„Und, was meinst du?“, fragte er, nachdem sie einen Schluck Kaffee getrunken hatten. Es war besser, dass sie schnell zur Sache kamen. Weshalb sonst waren sie in diesen Biergarten gegangen?
„Also, in einem Punkt sind wir uns einig, denke ich“, antwortete Schober.

„Dass beide Morde zusammengehören“, bestätigte Völkel.
„Genau. Fragt sich nur, ob ein Mörder oder zwei am Werk waren.“
„Egal welche Variante, Bartels ist für dich in beiden dabei, oder?“
„Für dich etwa nicht?“
Völkel zuckte mit den Schultern. „Ich weiß nicht so recht.“
„Gräfe ermordet Daria und Bartels den Mörder seiner Freundin. Hältst du das nicht für möglich?“
„Für möglich halte ich das schon. Die Sache hat nur den Haken, dass dann ein Tatmotiv fehlt. Bartels hat eines, aber welches hätte Gräfe für seinen Mord gehabt?“
„Wut, weil sie ihn abgelehnt hat. Erinnere dich, wie der in seinem Büro uns gegenüber aufgetreten ist. Als wenn ihm die Welt gehört, und er sich leisten kann, was er will. Dass wir es überhaupt gewagt haben, ihn zu befragen, schien ihn schon zu empören. Erinnere dich an seinen Blick! So einer lässt sich nicht abspeisen, wenn er sich mal was in den Kopf gesetzt hat. Nicht von so einem kleinen Mädchen.“
„Du meinst, Daria hat eine Beziehung zu ihm abgelehnt und musste aus verletzter Eitelkeit sterben?“
„Warum nicht? Er lebte allein, vielleicht wollte er das ändern.“
Völkel rieb sich das Kinn. Das mit der Arroganz stimmte, dagegen konnte er nichts einwenden. Aber er glaubte, als er sich das Gespräch mit Gräfe vergegenwärtigte,

noch einen anderen Eindruck bei ihm festgestellt zu haben. Ganz tief in ihm, und überdeckt von Überheblichkeit, hatte er gewirkt, als wäre er traurig gewesen. Wusste der Teufel, was das zu bedeuten hatte! Richtig überzeugt von Schobers Vermutung war er also nicht, Schober merkte es.

„Oder Bartels war es in beiden Fällen. Daria und Gräfe hatten was miteinander und er hat sich gerächt. Zuerst an Daria und danach an Gräfe."

„Das würde aber Bartels Aussage widersprechen, nach der er nicht weiß, ob überhaupt was zwischen Daria und Gräfe gelaufen ist."

„Eine Schutzbehauptung, nichts weiter." Schober winkte verächtlich ab.

Konnte sein, Völkel wollte ihm nicht widersprechen. Er erinnerte sich an Bartels´ harten Tonfall, als sie ihn befragt hatten. Plötzlich war seine Stimme von Trauer in unterschwellige Aggression umgeschlagen. Trotzdem, so ganz überzeugt davon war er nicht.

„Vielleicht sollten wir Bartels, bevor wir weiter spekulieren, erst mal sprechen", schlug er deshalb vor.

„Und ihn dann, wenn uns seine Erklärungen nicht überzeugen, verhaften."

„Von mir aus auch das."

Sie tranken in kleinen Schlucken ihren Kaffee aus und genossen für einen Augenblick die Ruhe. Es war heute bewölkter als in den Tagen zuvor, fiel Völkel auf. Aber die Sonne kam immer wieder zwischen den Wolken hervor, so dass die Luft angenehm warm war. Er rückte

seinen Stuhl so, dass er von seinem Platz aus die Straße beobachten konnte. Ab und an kam ein Auto vorbei, dann war es für einige Sekunden wieder völlig ruhig.
Beide Theorien hatten ihn nicht wirklich überzeugt. Irgendetwas Entscheidendes, dachte er, das die beiden Morde nahtloser miteinander verbindet, haben wir übersehen. Oder wir wissen es noch gar nicht, weil wir noch nicht tief genug in den Fall eingedrungen sind. Aber wie sollten sie das? Wie sollten sie rausfinden, was da im Hintergrund eine Rolle spielte?
Er seufzte, Schober sah ihn fragend an.
„Ich kenne das an dir!“, sagte er. „Irgendwas gefällt dir noch nicht an meinen Überlegungen. Willst du mir nicht sagen, was?“
Völkel schüttelte den Kopf. „Nein, das ist schon alles richtig so. Komm, ich gehe noch mal mit, wenn du Bartels befragst. Vielleicht ist das ja schon das Ende des Falles.“
Er hatte das nur gesagt, damit Schober nicht weiter nachfragte. Dass die Befragung wirklich das Ende des Falles war, glaubte er nicht.

## 16.

Bevor Völkel und Schober den Biergarten verließen, fragte Völkel, ob er seinen Bora für ein paar Stunden auf dem Parkplatz stehen lassen könnte. Der Wirt nickte. Er war wirklich ein freundlicher Mann, der

ihnen schon zweimal entgegengekommen war. Eine schöne Geste, dachte Völkel.
Bis sie nach Bilk kamen, dauerte es eine Zeitlang. Völkel merkte, wie während der Fahrt die Anspannung in ihm stieg und wie er immer unruhiger wurde. Er war auch jetzt noch nicht davon überzeugt, dass Bartels der Mörder war, aber dass sie über ihn weiterkommen würden, daran glaubte er fest. Bartels hatte ihnen garantiert nicht alles erzählt.
Als Schober vor dem Einfamilienhaus hielt, sprang er als erster aus dem Golf und eilte zur Haustür. Es war wieder die Mutter, die ihnen öffnete. Wieder war er angetan von ihrer schlanken Figur und dem glatten Gesicht. Diesmal lächelte sie sogar, als sie Völkel und Schober vor sich sah.
Wenn die wüsste, weshalb wir hier sind, dachte Völkel, dann würde sie garantiert nicht lächeln. Wahrscheinlich hätte sie ihnen dann nicht einmal geöffnet. Also war sie völlig arglos. Dass sie so abgebrüht war, die Polizei mit einem Lächeln zu empfangen, während sie wusste, dass ihr Sohn in einen Mordfall verwickelt war, glaubte er nicht. Dazu hatte sie ein viel zu offenes Gesicht. Leute, die so etwas schafften, wusste Völkel zur Genüge, waren von einem anderen Kaliber.
„Sie wollen sicher zu Lukas", sagte sie, noch bevor Völkel etwas erklären konnte, „aber das tut mir Leid. Er ist nicht da."
„Wo ist er denn?", fragte Schober, während er sich an Völkel vorbei ein wenig nach vorn drängte, der schnell

einen Schritt zurücktrat. Er merkte selbst, dass er sich hatte gehen lassen. Es war Schobers Fall, nicht seiner.
„Lukas ist zur Uni gegangen, wo sollte er sonst sein?"
Jetzt bekam sie doch einen besorgten Gesichtsausdruck. „Ist was passiert? Weshalb wollen Sie ihn so dringend sprechen?"
„Es ist nichts, machen Sie sich keine Sorgen." Schober versuchte, sie zu beruhigen. „Aber gestatten Sie, dass wir uns sein Zimmer ansehen?"
Ihre Miene verfinsterte sich. „Also glauben Sie nicht, was ich Ihnen sage. Dann ist doch etwas los mit Lukas."
„Nein, glauben Sie mir. Wir müssen bei allem, was wir tun, auf Nummer sicher gehen."
Schober versuchte, seine Linie beizubehalten, aber Völkel ahnte, dass es nicht klappen würde. Bei welchem Zeugen würde die Polizei schon das Zimmer kontrollieren, wenn ihr gesagt wird, dass er nicht da ist. Sie konnten der Mutter nichts vormachen, garantiert hatte sie begriffen, dass sie einen schwerwiegenden Verdacht gegen ihren Sohn hatten.
Er ließ Schober alleine die Treppe hochlaufen und wartete an der Tür, Frau Bartels folgte Schober. Es würde sowieso nichts bringen, die Frau, da war er sich sicher, hatte die Wahrheit gesagt. Sie mussten ihn an der Uni suchen, was anderes würde ihnen nicht übrigbleiben. Hoffentlich dachte Schober daran, sich den Studienplan von Bartels geben zu lassen.
Er starrte zum Himmel, der sich weiter zuzog. Vielleicht würde es schon bald ein Gewitter geben. Den

Pflanzen würde es gut tun, dachte er, es hatte schon seit Tagen nicht mehr geregnet.
Schober ließ ihn lange warten. Hoffentlich schaut er nicht auch noch unter dem Bett nach, dachte Völkel zwischendurch. Es brachte doch nichts, die Frau kopfscheu zu machen, sie hatte nicht gelogen.
Endlich tauchte Schober auf, einen Zettel in der Hand. Er hatte also richtig kombiniert. Die Frau kam nicht mehr bis ganz nach vorn an die Tür, sondern blieb im Hintergrund stehen, bereit, die Tür sofort zuzumachen, wenn sie gegangen waren. Völkel hatte Verständnis. Sie verstand, er selbst würde an ihrer Stelle nicht anders reagieren.
Sie fuhren zur Uni und mussten sich dort mühselig durchfragen zu den Seminarräumen für Betriebswirtschaft. Seminar über Wirtschaftsrecht stand auf Bartels Studienplan, das seit einer Stunde im Raum HBW 07 stattfand. H bedeutete Hörsaal, erklärte ihnen eine kleine, etwas blasse Studentin, BW Betriebswirtschaft und Raum 07 war ein Hörsaal im Parterre.
Endlich standen sie vor der Tür. Schober sah Völkel an. Was jetzt, schien er fragen zu wollen, sollen wir da etwa reinplatzen? Völkel nickte. Sie hatten keine Zeit zu verlieren, ihre Befragung war wichtiger als irgendeine Information über Rechtsfragen bei der Abwicklung oder Versicherung von Geschäften. Das musste auch ein Professor einsehen.
Schober zog die Tür auf, Völkel blickte durch den Spalt in den Saal und sah, dass sich sofort alle Köpfe ihnen

zuwandten. Einen Moment lang zögerte Schober, dann trat er in den Raum, während Völkel an der Tür stehen blieb und die in einem Viereck aufgebauten Tische absuchte, an denen die Studenten saßen. Knapp fünfzig waren es etwa.
„Entschuldigen Sie die Störung“, sagte Schober an den Professor gewandt, der seinen Tafelanschrieb unterbrochen hatte. „Wir suchen den Studenten Lukas Bartels.“
Der Professor blickte sich etwas hilflos suchend um. Wahrscheinlich kannte er Lukas Bartels gar nicht. Immerhin fragte er nicht, wer die beiden Männer seien, die in sein Seminar geplatzt waren, oder ließ sich gar Schobers Ausweis zeigen. Das war gut so für ihre Ermittlungen, denn es war immer besser, kein Aufsehen zu erregen. Es war auch gut für Lukas Bartels. Welche Rolle er bei den Morden gespielt hatte, war ja nicht sicher, und wer von der Polizei demonstrativ aus dem Hörsaal geholt wurde, bei dem blieb immer etwas hängen.
„Ist ein Student dieses Namens anwesend?“, fragte der Professor.
Auch unter den Studenten begann jetzt das Suchen, aber niemand meldete sich. Schließlich zeigte ein schlaksiger Student auf und bestätigte, was Völkel schon raus gefunden hatte.
„Lukas Bartels ist heute nicht da. Er hat sich heute Morgen per SMS bei mir gemeldet und mir mitgeteilt, dass er heute nicht kommen kann. Ich soll ihm alle Arbeitsblätter mitbringen.“
Schober winkte den Studenten heraus, dann bat er um

Entschuldigung für die Störung. Der Professor nahm es kaum noch zur Kenntnis. Er hatte sich schon wieder umgedreht und seinen Anschrieb an der Tafel mit einer ansteigenden Kurve und mit viel Zahlenmaterial fortgesetzt.

„Wissen Sie, warum Lukas heute nicht gekommen ist?", fragte Schober den Studenten, der etwa einen Kopf größer war als sie beide, nachdem er die Tür geschlossen hatte.

„Darf ich vielleicht erfahren, warum Sie das wissen wollen? Wer sind Sie überhaupt?"

„Polizei. Denken Sie sich nichts dabei, wir haben nur eine Frage an Herrn Bartels", versuchte Schober sofort zu beruhigen.

„Nein, ich weiß nicht, warum Lukas heute fehlt. Das ist eigentlich gar nicht seine Art, Lukas lässt so gut wie nie was ausfallen."

„Können Sie sich vorstellen, wo er sich jetzt aufhält?"

Der Student schüttelte den Kopf. „Kann ich nicht. So viel weiß ich auch nicht über ihn. Wir treffen uns hier an der Uni und arbeiten in manchen Seminaren zusammen. Es hilft, wenn man sich gegenseitig Tipps gibt."

Völkel nickte.

„Kann er in einem anderen Seminar sein?"

Der Student zuckte mit den Schultern. „Vielleicht. Vielleicht ist er auch in der Fakultätsbibliothek oder in der großen Unibibliothek, weil er dringend Bücher braucht für eine Klausur oder Hausarbeit. So wie Sie fragen, scheint aber doch was Wichtiges vorzuliegen."

Schober winkte ab. „Nein, denken Sie sich nichts dabei." Er reichte dem Studenten seine Karte. „Wenn sich Lukas bei Ihnen meldet oder sie ihm zufällig begegnen, informieren Sie uns bitte."

Der Student sah sie mit offenem Mund an. Er glaubte ihnen offensichtlich kein Wort. Egal, dachte Völkel. Hauptsache er tut, was Schober ihm gesagt hatte.

Es war ein langer Weg, den sie durch die Uni laufen mussten. Zuerst gingen sie zur Fakultätsbibliothek. Die Angestellte am Eingang ließ sich die Polizeiausweise zeigen, bevor sie die Tische in der Bibliothek absuchen durften. Weil Völkel keinen vorzuweisen hatte, musste er am Eingang warten.

Die Studenten schauten Schober merkwürdig an, als er an den Tischreihen vorbei lief und ihnen ins Gesicht sah. Lukas Bartels war nicht darunter.

In der großen Unibibliothek wurde merkwürdigerweise kein Ausweis verlangt. Es war den beiden Frauen an der Ausleihe nur wichtig, dass die Besucher ihre Taschen in Schrankfächer einschlossen. Da sie keine dabei hatten, wurden sie ohne weiteres durchgelassen. Auch hier keine Spur von Bartels.

Schober wurde nervös, merkte Völkel. Er wollte allen Ernstes zurück ins Fakultätsgebäude der Betriebswissenschaftler, um in den dortigen Seminarräumen rumzusuchen, aber Völkel hielt ihn zurück.

„Lass es, das bringt doch nichts. Bartels ist nicht an der Uni."

Sie fanden ein kleines Café in der theologischen Fakultät,

in der sie eine Pause zum Nachdenken einlegen konnten. Während es in den anderen Gebäuden und Fluren hektisch zuging, war hier alles beschaulich. Zwei Studenten, der eine von ihnen hellblond und mit einem jugendlichen Gesicht, der andere von kräftiger Gestalt und deutlich älter, unterhielten sich bei einer Tasse Tee über Karl Barth. Völkel hatte den Namen noch nie gehört, aber er merkte, dass es sich um einen wichtigen Theologen handeln musste. Vielleicht sollte er sich mal mit diesem Fach beschäftigen und einen Altersstudiengang beginnen, dachte er.

Schober holte zwei Tassen Kaffee aus dem Automaten, setzte sich zu ihm und schien den beiden Studenten ebenfalls zuzuhören.

„Bartels ist abgetaucht", sagte er dann. „Er weiß, dass wir ihn suchen und ist deshalb verschwunden."

Völkel nickte. „Könnte sein."

„Also ist er der Täter. Mindestens einer von den beiden Morden geht auf sein Konto."

„Möglich."

„Du bist so einsilbig. Hast du etwa Zweifel?"

„Wie man´s nimmt. Beim Mord an Gräfe spricht im Moment alles gegen Bartels. Aber vielleicht ist ja die Tatwaffe dieselbe, der Doc wollte das ja nicht ausschließen. Dann müsste er auch Daria ermordet haben und daran kann ich nicht glauben. Er hat sie geliebt und seine Trauer schien echt zu sein."

„Eifersucht ist immer ein gutes Motiv. Das wissen wir doch aus Erfahrung."

Völkel konnte schlecht widersprechen.
„Trotzdem", erwiderte er. „Wir müssen den Zusammenhang zwischen den beiden Opfern besser verstehen. Was hatte Daria genau mit Gräfe zu tun? Bisher haben wir nur Vermutungen. Und warum war Bartels so sauer, dass er Gräfe aufgelauert hat, um mit ihm zu sprechen? Ging es wirklich nur darum, dass er sich an Daria rangemacht hatte?"
„Na klar, worum sonst?"
„Aber wenn er ihn sowieso umbringen wollte, hätte er sich doch das Gespräch ersparen können. Dann hätte er das sofort erledigt. So klar ist das auch wieder nicht. Vielleicht gab es einen anderen Grund."
Völkel merkte, dass sie das so ähnlich schon mal gedacht und ausgesprochen hatten. Sie drehten sich im Kreis und kamen den Hintergründen einfach nicht näher.
Schober nickte nachdenklich und trank einen Schluck von seinem Kaffee, bevor er antwortete.
„Oder bei dem Gespräch ist irgendein Satz gefallen, der Bartels völlig aus der Fassung gebracht hat und Mordgedanken schürte."
„Das würde zu meiner Vermutung passen. Es würde bedeuten, dass irgendwas mit Gräfe war, von dem wir bis jetzt keine Ahnung haben."
Er schaute bei diesem Satz gar nicht Schober an, sondern starrte ins Leere. Im Grunde hatte er auch das schon mal gesagt. Daria, Gräfe, Bartels …, wo gab es da einen Zusammenhang? Was zum Beispiel hatte Gräfe in dem Landhaus gesucht? Hatte es etwas mit

dem Mord zu tun oder war es einfach ein Treffen unter Freunden oder Geschäftspartnern gewesen?
„Dass Gräfe allein lebte, hat er uns ja selber gesagt“, erklärte Schober. „Brauner hat zusätzlich rausgefunden, dass er vor ein paar Jahren in Oberkassel eine Penthauswohnung gekauft hat. Als Banker kann man sich das wohl erlauben.“
„Nur das“, erwiderte Völkel. „In diesen Kreisen muss man in einem solchen Umfeld wohnen, sonst ist man unten durch. Glaubst du etwa, der kann so wohnen wir Lukas Bartels oder gar wie Daria? Ne, das ist eine andere Klasse und die muss auch zeigen, dass sie das ist.“
„Aber sonst haben wir nichts über ihn im Computer. Allerdings ist die Wohnung noch nicht untersucht worden. Vielleicht finden wir da noch was.“
„Willst du dorthin fahren, um dabei zu sein?“
„Ja, das muss ich wohl. Dringend. Außerdem will ich mich darum kümmern, ob es irgendwelche Angehörigen von Gräfe gibt, die etwas über ihn aussagen könnten, das uns weiterbringt. Eltern vielleicht oder Geschwister. Außerdem müssen wir sie auch noch informieren.“ Er atmete tief durch, Völkel merkte, wie sehr ihn der Gedanke belastete.
„Und du?“
Völkel grinste. „Ich will mich auch noch mal mit ihm beschäftigen, aber anders. Kannst du mich zurück zum Biergarten fahren, damit ich meinen Wagen bekomme?“
„Klar kann ich das. Aber wie du dich mit ihm beschäftigen wirst, willst du mir natürlich nicht sagen, oder?“

„Muss ich das?“
Schober grinste. „Musst du nicht. Du bist ein freier Pensionär und kannst tun und lassen, was du willst. Ich dagegen muss streng nach Vorschriften handeln. Deshalb muss ich jetzt eine Fahndung nach Lukas Bartels rausgeben.“
„Klar musst du das. Egal, was er mit der Sache zu tun hat, sprechen müssen wir ihn auf jeden Fall.“
Während der Fahrt zum Biergarten sah Schober Völkel von der Seite an.
„Aber wenn du was findest, was Wichtiges meine ich, dann informierst du mich doch sofort, oder?“
„Klar, was denn sonst? Das war doch immer so.“
„Natürlich war das immer so. Und dass du für deine Alleingänge beim Polizeipräsidenten bekannt warst, war bloß ein Gerücht.“
„Was sonst?“
Sie mussten beide lachen.
Jetzt, in der Mittagszeit, war der Parkplatz des Biergartens gut gefüllt. Völkel beeilte sich, zu seinem Bora zu kommen.
„Aber denk dran, mich anzurufen, falls was ist!“, rief Schober ihm nach.
Völkel drehte sich gar nicht mehr um, sondern stieg rasch in seinen Bora.

# 17.

Völkel konnte nicht umhin, noch mal die Anzahl der Stockwerke des imposanten Bankgebäudes zu zählen, als er sich näherte. Diesmal kam er auf fünfzehn, eines mehr, als er gestern gezählt hatte. Er war erstaunt, dass er sich verzählt hatte. Vielleicht hatte das Gebäude gestern noch mehr Eindruck auf ihn gemacht, als er es wahrhaben wollte.

Völkel betrat das Gebäude hinter einem Geschäftsmann, der mit Aktenköfferchen an der Hand und schnellem Schritt vor ihm herlief, eine Sekretärin an seiner Seite, die ihr Köfferchen geöffnet hatte, es in der linken Hand hielt, um im letzten Moment mit der rechten irgendein Blatt oder eine Information herauszusuchen. Die Blondine an der Information lächelte den beiden ihr Berufslächeln entgegen, als sie jedoch hinter ihnen Völkel entdeckte, gefror es ihr. Völkel ließ die beiden anderen vor, wie vermutet hatten sie einen Termin mit irgendeinem der Herren in diesen Haus.

Dann trat Völkel an den Empfang heran.

„Herrn Gräfe können Sie nicht mehr sprechen“, sagte die Frau., noch bevor Völkel sich äußern konnte. „Das wissen Sie doch bestimmt.“

„Und woher wissen Sie es?“

„Weil ein Herr Brauner von der Polizei angerufen und uns den schrecklichen Vorfall mitgeteilt hat. Außerdem wollte er noch einiges über Herrn Gräfe wissen. Wir bedauern seinen Tod alle sehr, jeder hier im Haus ist betroffen."

Die Trauer, die sich auf ihrem Gesicht abzeichnete, schien echt zu sein.

„Er hat auch gesagt, dass bald ein paar Leute kommen würden, um sein Zimmer zu untersuchen. Wir sollen bis dahin alles unverändert lassen", fügte sie hinzu.

„Das müssen Sie auch. Aber deshalb bin ich nicht gekommen. Neben Herrn Gräfe arbeitet ein anderer Herr, mit dem er gut bekannt, vielleicht sogar befreundet ist. Den möchte ich sprechen. Leider kenne ich seinen Namen nicht."

Sie tat tatsächlich so, als würde sie nicht wissen, von wem Völkel sprach, dabei sah er ihr an, dass sie ihn sofort verstanden hatte. Sie ließ Völkel erst die Geschichte von dem Mann erzählen, der während der gestrigen Befragung in Gräfes Zimmer gekommen war und sich nach ihm erkundigt hatte. Völkel spürte, wie die Wut in ihm wuchs, während er es ihr erzählte, zwang sich aber ebenfalls zu einem aufgesetzten Lächeln. Was du kannst, kann ich schon lange, dachte er. Keep smiling.

Schließlich nickte Sie. „Ich glaube, ich weiß jetzt, wen Sie meinen. Das ist unser Matthias Rossfeld. Doktor Rossfeld, genauer gesagt. Ein Spezialist für Optionsscheine."

Völkel nickte. „Dann muss er aber gut beraten. Die Ausgabe solcher Scheine unterliegt strengen Regelungen."

Sie sah ihn überrascht an, Völkel grinste. Du musst mich nicht für blöd halten, dachte er. Glaubst du etwa, dies hier ist ein Ort von Geheimwissen, an dem kein anderer Anteil hat? Das Telefongespräch, mit dem sie Völkel ankündigte, dauerte lange. Rossfeld schien keine Lust zu haben, jemanden von der Polizei zu empfangen. Völkel merkte, wie die Anspannung in ihm stieg. Schließlich nickte sie und legte auf.

„Zimmer 708“, sagte sie.

Eine Sekretärin erwartete ihn schon auf dem Flur. „Einen Moment noch“, sagte sie. „Herr Doktor Rossfeld hat gerade ein wichtiges Telefongespräch.“

Völkel glaubte ihr kein Wort, ließ sich aber nichts anmerken. Sie führte ihn in ihr Büro und bat ihn, einen Moment auf einem Stuhl neben der Tür Platz zu nehmen.

Fünf Minuten, dachte Völkel. Fünf Minuten wird er mich warten lassen und dann über Sprechanlage reinrufen lassen. Genauso war es. Was für eine plumpe Schau, dachte er. Bei allen hier.

Der Raum, den er betrat, wirkte wesentlich wärmer als der von Gräfe, was vor allem an den Bildern lag, die an den Wänden hingen. Es waren farbenfrohe Aquarelle, die Gebirgslandschaften zeigten. Die übrige Einrichtung glich der von Gräfes Zimmer, allerdings bestand auch die Besprechungsecke nicht aus einem Glastisch mit schwarzen, eckigen Stühlen, sondern aus einem Buchentischchen mit dunkelblauen Polstersitzen davor. Sie gemütlich zu nennen, wäre zu viel gesagt, allerdings waren sie nicht ganz so kalt wie die Möbel von Gräfe.

Rossfeld hatte Völkels Blick auf die Aquarelle bemerkt, ein leichtes Lächeln huschte über seine Lippen.
„Ich klettere gern im Gebirge herum“, sagte er, um im nächsten Moment wieder sein geschäftsmäßiges Gesicht zu zeigen. Fast kam es Völkel so vor, als bedauerte Rossfeld seine persönliche Bemerkung. Ein Stuhl stand vor seinem Schreibtisch.
„Bitte, nehmen Sie dort Platz.“
Er wartete gar nicht ab, bis Völkel sich gesetzt hatte.
„Wir alle sind erschüttert von dem, was mit Torsten passiert ist. Ich ganz besonders. Nein, so etwas hatte Torsten nicht verdient. Gerade jemand wie er nicht.“
„Meinen Sie, andere hätten das verdient?“
„So habe ich das nicht gemeint. Was andere verdient haben oder nicht, interessiert mich nicht. Mir geht es um Torsten.“ Er schwieg einen Moment lang. „Um uns“, fügte er dann hinzu.
Sein Blick drückte Geringschätzigkeit aus, genau so, wie gestern bei seinem Eintritt in Gräfes Zimmer. Völkel verstand nicht, was er damit meinte: Um uns.
„Dann waren sie also Freunde?“
„Ja, wenn man so will.“
„Was heißt das, wenn man so will? Waren Sie es oder waren Sie es nicht?“
„Ja, wir waren Freunde, so weit unsere Zeit Freundschaft zuließ. In unseren Kreisen hat man wenig Zeit. Alles ist der Arbeit untergeordnet. Da bleibt für alles andere, auch für Freundschaften, wenig Raum.“
„Und für die Familie?“

„Ich bin geschieden. Meine Ex-Frau und meine Tochter sind gut versorgt." Seine Stimme klang plötzlich schroff, fast heiser.
Als wenn es einzig darauf ankäme, dachte Völkel. Es gibt auch eine Versorgung mit Gefühlen, mit Wärme und Zuneigung, war er dafür etwa nicht zuständig? Aber er wollte nicht ungerecht sein. Vielleicht konnte Rossfeld seine Gefühle nur nicht richtig zeigen.
Völkel blickte sich um. Ein Foto von einem jungen Mädchen, das Rossfelds Tochter sein könnte, konnte er nicht entdecken. Oder es hatte bei der Trennung vielleicht doch größere Verletzungen gegeben, dachte er jetzt.
„Können Sie sich vorstellen, wer Torsten Gräfe so sehr gehasst hat, dass er ihn umgebracht hat?"
„Nein, das kann ich nicht."
„Irgendwelche Anleger vielleicht, die Geschäfte mit ihm getätigt haben und in der Bankenkrise viel Geld verloren haben?"
„Unsere Kunden haben in der Krise nicht viel Geld verloren. Und wenn, dann haben sie damit rechnen müssen, weil wir sie über die Risiken genauestens aufgeklärt haben. Wir sind ein seriöses Institut."
Völkel hatte auch nicht damit gerechnet, eine Antwort zu hören, die ihn weiterbrachte. Gräfes Ermordung hing mit dem Mord an Daria zusammen, da war er sich sicher. Wie sollte es da einen Bezug zu Geldgeschäften geben? Er hatte die Frage auch nur gestellt, um Rossfeld auf eine falsche Spur zu locken. Vielleicht war er

bei den nächsten Fragen offener oder zumindest unvorsichtig. Aber das Gegenteil trat ein. Als Völkel ihn nach Gräfes Privatleben befragte, sah er geradezu, wie sich sein Blick verfinsterte.

„Nein, von seinem Privatleben weiß ich wenig. Das war allein Torstens Angelegenheit. Wir haben uns manchmal getroffen, haben zusammen gegessen und uns gelegentlich Ratschläge zu unserer Arbeit gegeben, das war alles."

Die Lüge war unüberhörbar. Völkel schaute Rossfeld erstaunt an, der hielt seinem Blick stand. Drei, vier Sekunden lang dauerte dieser stumme Zweikampf, dann gab er es auf. Rossfelds Gesicht verriet nichts außer einer großen Gleichgültigkeit. Halte von mir was du willst, schien er zu denken, es ist mir völlig egal.

„Aber Sie müssen doch wissen, ob er andere Freunde hatte, vielleicht Frauenkontakte, zum Beispiel Studentinnen."

Rossfeld verzog keine Miene.

„Das alles ist Torstens Sache, besser gesagt sie war es. In solche Dinge mische ich mich nicht ein. Unser Kontakt war anderer Art."

„Geschäftsmäßig."

Rossfeld nickte. „Ja."

Jetzt hatte Völkel plötzlich doch das Gefühl, einen Gedanken von Rossfeld erraten zu können. Es kam ihm so vor, als würde er still für sich ein Wort hinzufügen. Ja auch, das war es, was er zu denken schien. Auch geschäftsmäßig. Vielleicht war es aber auch nur Völkel selber, der das tat, weil er nicht glauben konnte, dass sich ein Kontakt zwischen zwei Menschen, die Zimmer an Zimmer arbeiteten, allein darauf beschränken konnte. Immerhin war Rossfeld in das Gespräch zwischen ihnen und Gräfe geplatzt, offensichtlich, um ihm beizustehen, falls das nötig sein sollte. Und dann sollte ihr Kontakt das Private einfach ausblenden?

Unsinn, da lief etwas, von dem Rossfeld nicht wollte, dass die Polizei es erfuhr. Vielleicht war darin sogar der Grund zu suchen, weshalb er in das Gespräch geplatzt war. Soll ich dir helfen, damit du nichts Verkehrtes sagst? Gut möglich, dass das der Grund für seine Störung gewesen war.

Es fiel ihm aber nicht ein, wie er diesem Geheimnis, wenn es denn eines war, näher kommen sollte. Nicht weiter danach fragen, um ihn nicht zu warnen, nahm er sich vor. Besser, sich von einer anderen Seite aus nähern, um ihn zu überraschen.

„Was haben Sie denn gestern Abend und in der Nacht gemacht?", fragte er deshalb.

„Sie haben nicht zufällig Ihren Polizeiausweis dabei, der Sie berechtigt, mich nach meinem Alibi zu fragen?", antwortete Rossfeld.

Völkel klappte vor Überraschung die Kinnlade runter. Der Kerl wusste über ihn Bescheid, er hatte sich über ihn und Schober erkundigt. Anders war diese Frage nicht zu verstehen. Entweder hatte er damit gerechnet, dass auch er noch von der Polizei befragt wurde, oder er hatte sich erkundigt, weil er glaubte, Gräfe damit helfen zu können. Unglaublich!

Das überhebliche Grinsen bestätigte seine Vermutung. Jetzt war er sich endgültig sicher, dass da etwas lief, von dem sie noch keine Ahnung hatten. Gleichzeitig wusste er, dass seine Befragung an dieser Stelle endgültig zu Ende war. Er wollte sich gerade erheben, um zu gehen, da winkte Rossfeld ab.

„Bleiben Sie ruhig", sagte er. „Stellen Sie von mir aus die Fragen, die Sie stellen wollen. Es ist mir egal, wer von ihnen beiden mich befragt."

Von einem Moment zum anderen zeigte er wieder seine herablassende Haltung, die aber so überlegen, wie er es vorspielen wollte, gar nicht war. Weshalb, wenn ihm alles so egal war, hatte er sich dann über Schober und ihn erkundigt? Und weshalb hatte er es nötig, diesen kleinen Triumph über ihn, Völkel, zu haben, wenn er damit gleichzeitig etwas von sich preisgab? Etwas, das die Polizei zumindest wundern musste.

Komm, tu nicht so, dachte Völkel, so ein cooler Bursche bist du gar nicht.

„Ich danke Ihnen für Ihre Bereitschaft", antwortete er und bemühte sich, die Ironie in seiner Stimme zu unterdrücken. „Und wo waren Sie also?"

„Ich war zu Hause und habe am Computer gearbeitet. Ganz ohne Zeugen, wenn man meinen Computer außer Acht lässt. Aber der gibt ja an, zu welcher Uhrzeit ich welche Programme und Angebote erstellt habe. Zur Not müsste der mich entlasten."

Völkel nickte. „Schon gut. Herr Gräfe hat doch als Banker gut verdient. Gibt es da vielleicht ein kostspieliges

Hobby, das mit dem Mord in Verbindung stehen könnte?"
Einen Moment lang überlegte Rossfeld. „Sie meinen unsere Boni, stimmt´s?", sagte er dann.
„Zum Beispiel."
„Die bekommen wir, weil wir sie verdienen. Weil wir vorher unvergleichlich höhere Gewinne erarbeitet haben."
„Ich habe auch oft erfolgreich gearbeitet."
Mit dem verächtlichen Blick, der ihn jetzt traf, hatte Völkel gerechnet.
„Ich glaube, das kann man nicht vergleichen."
„Weil ich nur dumme Gangster zur Strecke bringe, die kaum der Rede wert sind, während Sie mit viel Geld jonglieren."
Rossfeld schwieg. Er schwieg aus zwei Gründen. Einmal, weil er Völkels Antwort nicht kommentieren wollte. Dann wohl auch, weil er die Befragung jetzt doch beenden wollte.
Völkel atmete tief durch. Wirklich weitergekommen, so wie er sich das erhofft hatte, war er nicht. Aber immerhin glaubte er zu ahnen, dass da im Hintergrund eine Sache gelaufen war, von der Rossfeld und Gräfe gewusst hatten. Aber was das für eine war und vor allem, wie sie mit den beiden Morden zusammenhing, davon hatte er keinen blassen Schimmer. Und so, wie Rossfeld hier vor ihm saß, selbstbewusst, überheblich, ja verächtlich grinsend, würde er hier auch nichts darüber erfahren. Aber wie dann? Verdammt, wie würde es ihm gelingen, einen Blick hinter diese Edelfassade zu werfen?

Er stand auf. „Ich danke Ihnen für das Gespräch."
Rossfeld winkte ab. „Nichts zu danken."

## 18.

Kurz darauf saß Völkel wieder auf einer Bank am Rhein. Schade, dass es so etwas nicht in Dortmund gab, dachte er. An einem großen Fluss zu sitzen und den Lastkähnen und Ausflugsdampfern nachzuschauen hatte etwas Beruhigendes. Und beruhigen musste er sich jetzt erst mal.

Die Idee, Rossfeld zu befragen, war richtig gewesen, dachte er. Schober sollte sich im privaten Umfeld von Gräfe umsehen, das war die übliche Routinearbeit. Er dagegen war frei und konnte seinen Vermutungen nachgehen. Und die Vermutung, dass da irgendwas im Hintergrund zwischen Rossfeld und Gräfe passiert war, war richtig gewesen. Davon war er überzeugt. Nur leider half ihm das nichts, denn er kam nicht ran an die entscheidenden Informationen. Wie hinter einer undurchdringlichen Mauer lag das, was er so gerne gewusst hätte. Und solange es für seine Vermutung nicht den geringsten Beleg gab, war sie wertlos.

Er ging in Gedanken noch mal das Gespräch durch. Hatte er irgendwo einen Punkt verpasst, an dem er hätte einhaken können? Er fand keinen. Er hatte es immerhin so weit gebracht, dass Rossfeld sich einmal in seiner Eitelkeit verplappert hatte. Das war schon viel gewesen. Mehr konnte er, wenn er realistisch war, gar nicht erwarten. Aber jetzt wusste er nicht weiter. Jetzt konnte nur noch helfen, dass Schober möglichst schnell den Lukas Bartels fand.

Aber wie viel wusste der von all den Hintergründen? Alles, wenn er für beide Morde verantwortlich war, was Völkel aber nicht glaubte. Nur einen Teil, wenn er einzig Gräfe ermordet hatte. Aber wer konnte wissen, wie viel dieser Teil dann wert war? Womöglich hatten sie einen Mörder gefasst und das Wichtigste doch nicht begriffen.

Ein Passagierschiff der weißen Flotte zog flussaufwärts vorbei, vielleicht auf dem Weg nach Köln. Aus der anderen Richtung kam ihm ein Lastkahn entgegen, der tief im Wasser lag. Völkel beobachtete, wie die beiden Schiffe aneinander vorbeizogen.

Ich sollte nach Hause fahren, dachte er. Ich habe getan, was ich tun konnte, den Rest soll Schober erledigen. Wenn er Bartels gefasst hat, wird er schon wissen, wie er weiter vorgehen muss. Dazu braucht er mich nicht.

Er schaute auf die Uhr. Mein Gott, es war schon halb drei, er musste Kathrin anrufen! Er hatte versprochen, dass er es tun würde.

Sie schien froh zu sein, als sie seine Stimme hörte.

„Wo bist du jetzt, Papa?"

„Ich sitze am Rhein und schaue den Schiffen nach."

„Also bist du noch in Düsseldorf. Aber du hast dich nicht weiter an diesem Fall beteiligt, oder?"

„Doch, das habe ich. Da ist ein zweiter Mord passiert und ich habe mich von Schober informieren lassen."

„Informieren!“ Sie lachte laut. „Das glaubst du doch selbst nicht. Du steckst da mitten drin, mach mir nichts vor. Aber ich habe dich doch gebeten, das zu unterlassen. Papa, denk an dich und deine Gesundheit. Patrick braucht dich, du bist sein Vaterersatz.“

Also sah sie es genauso wie die Kindergärtnerin, dachte er. Gut, dass sie es tat, dann sah sie auch die Probleme, die damit zusammenhingen.

„Du weißt, dass es für diese Rolle auch noch eine andere Lösung gäbe“, sagte er vorsichtig.

„Hör auf damit, Papa. Ich muss selber wissen, was ich tue.“

„Ja, ist ja gut. Ich will mich nicht einmischen“, sagte er schnell.

„Fährst du jetzt nach Hause?“

„Ja, ich fahre gleich los. Es gibt jetzt nichts mehr, was ich tun könnte. Ich höre auf dich.“

Sie lachte.

„Das wäre das erste Mal. Aber es wäre ja nicht zu spät.“

Er hatte das Gespräch gerade beendet, als sein Handy klingelte. Schober, dachte er. Er drückte den Knopf und wollte gerade damit loslegen, Schober zu erzählen, dass er nicht wirklich weitergekommen war, da merkte er, dass es eine andere Stimme war, die sich meldete. Eine Stimme, die er kannte. Lukas Bartels!

„Hallo“, sagte die Stimme. „Wenn ich mich nicht täusche, dann suchen Sie mich, oder?“

Völkel musste erst überlegen, woher Bartels seine Handynummer kannte. Dann erinnerte er sich, dass er

sie ihm nach ihrer Befragung gegeben und damit seine Kompetenzen überschritten hatte. Aber Schober hatte ja nichts dagegen gehabt.
„Das kann man wohl sagen. Gut, dass Sie sich von alleine melden."
„Ich melde mich nicht, weil Sie mich suchen. Ich melde mich aus einem anderen Grund."
„Soll das heißen, dass Sie sich nicht stellen wollen?"
„Warum sollte ich mich stellen? Dazu habe ich gar keinen Grund."
„Wenn Sie wissen, dass wir Sie suchen, dann kennen Sie auch den Grund."
„So meine ich das nicht. Ich wollte nur sagen, dass ich nichts mit dem Mord an Gräfe zu tun habe."
„Woher wissen Sie überhaupt davon?"
„Ich habe heute morgen Lokalradio gehört. Da wurde berichtet, dass ein Banker ermordet wurde und dann habe ich kombiniert. War nicht so schwierig, auf Gräfe zu kommen und dann darauf, dass jetzt ein Verdacht auf mich fällt. Da habe mich ein bisschen … wie soll ich sagen … versteckt."
„Wenn Sie sich stellen, können wir alles klären. Dann wird sich auch, wenn das richtig ist, was Sie sagen, Ihre Unschuld herausstellen."
Bartels kicherte. „Ich schlage einen anderen Weg vor, Herr Kommissar."
„Und welchen?"
„Einen, bei dem ich selbst mithelfe, meine Unschuld zu beweisen und den wahren Täter zu finden."

Seine Stimme klang sehr selbstbewusst. Irgendwas hatte er, was ihn sehr sicher sein ließ. Völkel wurde neugierig.

„Wie soll das gehen? Wollen Sie bei der Polizei anfangen?“

Wieder kicherte Bartels.

„Nein, das nicht. Aber ich hätte einen Tipp. Besorgen Sie sich sofort eine Maske. Irgendwas, hinter dem Sie Ihr Gesicht verbergen können.“

„Eine Maske? Wozu denn das?“

„Das werde ich Ihnen später erklären. Wichtig ist, dass Sie es sofort tun. Heute Abend läuft nämlich etwas, das Sie wissen sollten. Und darauf müssen Sie vorbereitet sein. Mit einer Maske, das ist entscheidend. Wenn Sie die nicht haben, klappt alles andere nicht. Ich weiß von der Sache schon längere Zeit, denn Daria hat mir mal davon erzählt. Sie hat aber so getan, als hätte sie nur davon gehört und es nicht selber gesehen oder gar miterlebt. Später, nachdem ich sie zusammen mit Gräfe gesehen hatte und wissen wollte, was sie mit dem Kerl zu tun hat und ob diese Sache dabei eine Rolle spielt, stritt sie ab, mir jemals davon erzählt zu haben. Da behauptete sie, ich würde mir das alles nur einbilden, sie hätte niemals von so etwas gesprochen. Und genau deshalb bin ich mir so sicher, dass da etwas läuft. Weil ich nämlich weiß, dass ich mir nichts einbilde. Sie hat mir davon erzählt, wahrscheinlich, weil sie es selber nicht glauben konnte. Weil ihr alles das, was sie da mitgemacht hast, zu fantastisch vorgekommen war.“

„Ich verstehe kein Wort."
„Das ist auch nicht nötig. Besorgen Sie sich eine Maske, den Rest erkläre ich Ihnen, wenn es so weit ist."
„Hören Sie, ich halte das, was Sie mir da erzählen, für ziemlichen Schwachsinn."
„Das habe ich auch geglaubt, als Daria mir davon erzählt hat. Bis ich durch meine Nachforschungen eines Besseren belehrt worden bin". Er zögerte einen Moment lang, bevor er fortfuhr. „Wenn ich es doch nur früher rausgekriegt hätte, nur ein paar Tage, vielleicht würde Daria dann noch …"
Die weinerliche Stimme rührte Völkel. Der Mann, das war jetzt offensichtlich, glaubte an das, was er sagte. Fragte sich nur, ob Völkel es auch glauben musste, und – was erschwerend hinzukam – bei dem, was er sagte, mitmachen sollte. Er dachte an Kathrins Ermahnung, an seine Gesundheit zu denken und nichts zu riskieren. Andererseits, was riskierte er, wenn er sich eine Maske kaufte, außer dass er sich lächerlich machte? Aber lächerlich vor wem? Er hatte doch gar nichts zu verlieren, höchstens ein bisschen Zeit.
Er merkte selbst, wie Kathrins warnende Stimme immer mehr in den Hintergrund trat, wie sich seine Gedanken immer stärker damit anfreundeten, tatsächlich eine Maske zu kaufen und einem Plan zu folgen, von dem er nichts wusste bis auf ein einziges Detail. Nämlich dass irgendein Versteckspiel dazu gehörte.
Ob er sich früher, als er selbst die Verantwortung trug, auf so etwas eingelassen hätte? Vermutlich nicht.

„Gesetzt den Fall, ich kaufe mir so eine Maske, wie soll es dann weitergehen?“
„Ich melde mich wieder bei Ihnen. Aber kommen Sie allein, machen Sie nicht alles kaputt. Sie müssen selber sehen, was da läuft. Einer von der Polizei muss dabei sein, muss es miterleben. Glauben würden Sie es mir sowieso nicht, wenn ich es Ihnen erzähle.“
Völkel atmete tief durch. „Gut, ich lasse mein Handy eingeschaltet. In gut einer Stunde müsste ich so eine Maske haben.“
„Lassen Sie sich Zeit. Die Sache läuft erst am Abend, genauer gesagt in der Nacht.“
Das wurde ja immer geheimnisvoller. Völkel spürte, wie die Unruhe in ihm wuchs. Ganz klar, sein Spürsinn war erwacht. Die Hintergründe, dachte er. Genau das, woran ich gerade noch gedacht und was ich nicht rausgekriegt habe. Vielleicht hat es damit zu tun, vielleicht kriege ich es doch noch raus.
Es war gar nicht so einfach, so eine Maske zu kaufen. Er lief durch die Fußgängerzone, fragte in diesem oder jenem Geschäft nach und erntete nur ein Kopfschütteln.
„Karneval ist längst vorbei. Sie müssen sich noch ein bisschen gedulden.“
Manchmal grinsten die Verkäuferinnen, wenn sie ihm das sagten, manchmal schwang Bedauern mit, als würde es ihnen selbst schwerfallen, auf diese fünfte Jahreszeit zu warten.
Schließlich fand er aber ein Geschäft mit Scherzartikeln. Mit Zaubererkostümen für Kinder und Erwachsene,

Matrosenhemden und -mützen und so weiter. Hier gab es auch Masken. Tiermasken, aber auch welche von Königen, Seeräubern und sogar von Henkern.
Völkel wählte eine Löwenmaske, die ihm am besten stand, wie er fand. Die Verkäuferin lachte jedenfalls, als sie ihn damit vor einem Spiegel stehen sah.
„Die steht Ihnen wirklich prima!", sagte sie. „Tragen Sie die nicht im Zoo, sonst lässt man Sie nicht wieder raus."
Völkel musste grinsen. Das wäre wirklich mal einen Versuch wert, dachte er. Er mit Löwenmaske im Dortmunder Tierpark. Mal sehen, was dann passieren würde. Ob sie ihn als Durchgeknallten abführen würden? Oder würden sie ihn als Spinner einordnen, über ihn lachen und in Ruhe lassen? Beides hielt er für möglich. Jedenfalls war Löwe immer gut. Man muss Stärke zeigen, und wie konnte man das besser als mit dem König der Tiere?
17 Euro 80, Mist! Nicht nur, dass er schon umsonst für die Polizei arbeitete, jetzt gab er sogar noch Geld für sie aus. Na egal, morgen könnte er Patrick die Maske schenken. Oder besser nicht morgen, fiel ihm dann ein, sondern später. Kathrin würde bestimmt wissen wollen, wieso er sie gekauft hatte, ausgerechnet bei seinem Besuch in Düsseldorf. Sie würde ahnen, dass es ihm dabei nicht wirklich um ein Geschenk für Patrick gegangen war.
Er schaute auf die Uhr, es war kurz vor fünf. Also würde noch einige Zeit vergehen, bis Bartels sich meldete. Er setzte sich in ein Straßencafé, bestellte sich eine Cola

und ein Baguette und blickte den Leuten nach. Es war hier wirklich ein anderes Publikum als in Dortmund unterwegs, in eleganten Kostümen gekleidete Frauen, Männer in Anzügen. Wenn Anzug, dann konnte es in Dortmund eher ein Trainingsanzug sein als ein richtiger. In Düsseldorf, merkte er, wäre ein solcher Auftritt unmöglich. Die Blicke, die jemand in Trainingsklamotten auf sich ziehen würde, würden ihn garantiert veranlassen, sich so schnell wie möglich umzuziehen.
Er merkte, dass er ein bisschen abgespannt war von der Anspannung der letzten Tage. Er hatte sich also doch schon an sein Rentnerdasein gewöhnt, denn früher hätten ihm diese Recherchen nichts ausgemacht. Früher hätte er das alles locker weggesteckt.
Plötzlich klingelte wieder sein Handy. Jetzt ging es los, dachte er. Tatsächlich vernahm er die Stimme von Lukas Bartels.
„Haben Sie eine Maske?“, fragte er sofort.
„Ja, eine Löwenmaske.“
„Warum nicht? Löwe ist gut.“
„Und was soll ich jetzt damit? Soll ich sie schon mal hier im Straßencafé aufsetzen?“
Bartels kicherte.
„Ne, lassen Sie mal. Das hat noch Zeit. In welchem Straßencafé sind Sie denn?“
„In einem in der Fußgängerzone.“
„Gut, fragen Sie sich zum Schlossturm an der Rheinpromenade durch. Ich hole Sie dort ab.“
„Wir können auch mit meinem Wagen fahren.“

„Damit Sie mich dahin kutschieren, wohin ich nicht will. Ne, Sie steigen bei mir ein."
Es war noch ein langer Weg bis zum Schlossturm, Völkel fluchte innerlich, dass er sich auf diese merkwürdige Geschichte eingelassen hatte, deren Verlauf und Ende er überhaupt nicht überschauen konnte. Schließlich stand er an dem Turm und blickte sich suchend um. Im nächsten Moment hielt ein roter Golf am Straßenrand. Bartels saß am Steuer und winkte ihm, dass er einsteigen sollte. Er winkte sehr hektisch, denn hier durfte normalerweise kein Auto halten. Völkel beeilte sich.
Erst jetzt, als er neben Bartels saß, wurde ihm klar, dass es nicht richtig war, was er hier tat. Bartels war zur Fahndung ausgeschrieben. Schober, sein ehemaliger Kollege und Freund, setzte gerade alles daran, Bartels zu fassen, um ihn zu befragen, während er, Völkel, sich von eben diesem Bartels durch die Gegend chauffieren ließ. An Schobers Stelle wäre er stinksauer, wenn das umgekehrt jemand mit ihm machen würde. Er konnte nur hoffen, dass alles gut ging. Dass dieses Experiment zu irgendeinem Ergebnis führte, das in der Sache weiterhalf.
„Wohin geht es denn?", fragte er.
„Sag´ ich Ihnen gleich."
Bartels achtete angestrengt auf den Verkehr, der jetzt, in den frühen Abendstunden, deutlich zugenommen hatte. Sie fuhren aus der Innenstadt heraus. Völkel versuchte, sich die Gegend einzuprägen, schaffte es aber nicht, denn es war ihm alles fremd. Dann plötzlich

kamen sie auf eine Straße, die ihm bekannt vorkam. Richtig, sie führte nach Mönchengladbach. Hierher war er schon mal gefahren.
Moment mal, war das möglich?
Tatsächlich, Bartels bog in Richtung Erkrath ab, sie kamen aus der Stadt heraus, Felder lagen in der Dämmerung zu beiden Seiten der Straße. Jetzt war sich Völkel sicher, dass alles kein billiger Trick von Bartels war. Nein, es steckte wirklich etwas dahinter. Und das erste, das dahinter steckte, kannte er bereits. Den Ort nämlich, an dem es stattfand.
Kurze Zeit später fuhr Bartels am Eingang des Landhauses vorbei und parkte im Schatten eines Gebüschs, das Völkel ebenfalls schon kannte.
Mein Gott, was hatte es mit diesem Haus auf sich, was passierte hier?
Bartels sah Völkel an.
„Passen Sie auf. Jetzt erkläre ich Ihnen, was heute Abend abläuft und wie Sie sich zu verhalten haben. Merken Sie sich genau, was Sie tun müssen. Die Sache ist nicht ungefährlich.“

## 19.

Die beiden Typen von der Security am Eingang, schwarzer Anzug und Knopf im Ohr, hatten eine schmale Hüfte, aber ein breites Kreuz. Sie waren, das sah man sofort, für ihre Arbeit bestens geeignet.

Völkel setzte, bevor sie ihn in der Dunkelheit erkennen konnten, schnell seine Löwenmaske auf. Vor ihm gingen zwei Männer auf den Eingang zu, der eine mit Ziegenbock-, der andere mit Seemannsmaske. Sie trugen elegante dunkle Anzüge, anders als er, der in Freizeitkleidung auflief. Hoffentlich fiel das nicht auf, hoffentlich sortierten sie ihn nicht schon zu Anfang aus. Bereitwillig hoben die beiden vor ihm die Arme, um sich abtasten zu lassen. Sie murmelten dabei etwas, das er nicht verstehen konnte.

Dann kam er an die Reihe. Tatsächlich musterten ihn die beiden Security-Leute misstrauisch von oben bis unten. Ganz klar, die Freizeitkleidung war ihnen sofort aufgefallen. Er versuchte, sich nichts anmerken zu lassen und hob die Arme, damit sie ihn abtasten konnten. Die beiden verständigten sich kurz mit Blicken, dann tastete der eine Jacke, Hosentaschen und Hosenbeine ab, während der andere ihn ansprach.

„Parole!“, kommandierte er.

„Schweden“, antwortete Völkel.

Jetzt entscheidet es sich, schoss es ihm durch den Kopf. Wenn das Codewort nicht stimmte, war der Versuch gescheitert und sie wussten, dass sich jemand einschleichen wollte, der hier nichts zu suchen hatte. Wer wusste, was dann passieren würde. Aber bevor er richtig darüber nachdenken konnte, winkte ihn der eine schon durch.

„Freier Eintritt für Löwen“, grinste er.

Offensichtlich fanden die beiden das Getue mit den Masken auch merkwürdig.

Er ging über die Kiesauffahrt, die zu beiden Seiten von Markierungslampen umgrenzt war, auf das Landhaus zu. Die Blumenbeete zwischen den Bäumen auf der linken Seite konnte er in der Dunkelheit nur noch ahnen. Auf einem Platz rechts von dem Haus standen nur Autos von Nobelmarken, Porsche natürlich, Ferrari, BMW Cabrio. Wie ein Konkurrenzkampf unter Eitelkeiten, dachte Völkel, ausgetragen über Automarken.
Vor der großen Eingangstür herrschte reges Treiben. Fünf, sechs Männer mit Masken standen dort und unterhielten sich. Alle möglichen Tiermasken waren dabei, dazu ein Seeräuber und ein Polizist. Manche der Masken waren aus Stoff, so wie seine, und wurden ganz über den Kopf gezogen, andere waren aus bedrucktem Papier und wurden von einem Gummiband vor dem Gesicht gehalten. Obwohl die ganze Sache komisch wirkte, hatte Völkel nicht das Gefühl, dass die Männer es auch so empfanden. Für sie war es keine verspätete Karnevalsveranstaltung, sie nahmen das, was passierte, ernst. Jedenfalls lachte keiner von ihnen, im Gegenteil, es lag eine andächtige Stimmung über der Gruppe.
Völkel ging an ihnen vorbei und betrat das Haus. Durch einen schmalen Flur kam er in einen großen Raum, in dem ebenfalls Männer mit Masken vor dem Gesicht standen. Ein Buffet war aufgebaut worden, Schnittchen mit Lachs, kleine Frikadellen und gebratenes Geflügel lagen auf silbernen Schalen. Wer etwas aß, musste kurz die Maske lüften, um es sich in den Mund zu stecken. Alle taten es schnell, abgewandt von den anderen.

Ganz offensichtlich sollten die Gesichter nicht gezeigt werden

Völkel wollte nicht auffallen, deshalb ging er ebenfalls zum Buffet und aß ein wenig. Auch er hielt dabei, so gut es ging, die Maske vor dem Gesicht. Wahrscheinlich hatte er von all denen, die hier waren, den triftigsten Grund dazu, sein Gesicht zu verbergen. Aus den Augenwinkeln beobachtete er dabei die Männer, versuchte an ihrer Haltung, ihrer Kleidung etwas zu erkennen, das ihm weiterhalf bei der Einschätzung dessen, was hier ablief. Aus ihren Stimmen konnte er jedenfalls nichts schließen. Die Gespräche liefen allesamt leise, fast gedämpft ab. Allerdings stachen immer wieder Worte aus dem monotonen Singsang hervor. Swaps, Optionsscheine, Cross Border. Bankergewäsch, er wusste es.

Einer der Männer kam ihm bekannt vor, Anzug, Körperhaltung, aber er war sich nicht sicher, ob er sich das nur einbildete.

Immer mehr Männer strömten in den Raum, gut zwanzig waren es inzwischen. Einige aßen ein wenig, manche, aber nicht alle, sprachen miteinander, eine sich stetig steigernde Spannung lag in der Luft.

Plötzlich ertönte aus einem Nebenraum leise Musik. Sofort verstummten alle Gespräche. Es waren Harmoniumklänge, die herüberdrangen und Völkel an Kirchenmusik erinnerten.

Mein Gott, was hatte das denn zu bedeuten? War er in eine Sekte geraten? Von so etwas hatte Bartels in seinen vagen Andeutungen nicht gesprochen. Etwas ganz anderes würde hier laufen, hatte er gesagt, das nichts mit Beten zu tun hätte.

Es blieb ihm keine Zeit zu überlegen, wie er sich verhalten sollte, denn die Männer strömten schon in den Nebenraum, stumm und andächtig. Völkel folgte ihnen als einer der letzten.

Der Raum, in den er kam, war ein dämmriger, fast dunkler Saal, der ringsum mit schwarzer Seide verhangen war. Die Harmoniumklänge, leicht anschwellend, schienen aus allen Richtungen zu kommen. Dann mischte sich eine Frauenstimme hinein, hoch zuerst und sehr klar, dann wurde sie immer leiser und tiefer, bis sie ihre Worte nur noch hauchte. Die feierliche Atmosphäre vom Anfang verschwand zugunsten einer schwülen Stimmung, zu der auch der Geruch beitrug, der plötzlich in der Luft hing, eine Mischung aus Weihrauch, Rose und Apfel.

Er blickte sich um. Die Männer schritten langsam durch den Raum, paarweise oder allein.

Es war nicht Demut, die sie ausstrahlten, der schnelle Gang, mit dem sie den Raum durchschritten, hatte vielmehr etwas Bestimmendes, fast Aggressives. Plötzlich hörte er eine Stimme hinter sich. „Wenden Sie sich nicht nach mir um. Noch ist es Zeit, dass Sie sich entfernen. Sie gehören nicht hierher."

Einen Moment lang zögerte er, dann drehte er sich doch um, aber es war niemand mehr hinter ihm zu sehen. Für einen Moment kam es ihm so vor, als würde sich an den Seidenvorhängen ein Schatten entfernen.

Plötzlich, wie auf ein geheimes Kommando hin, sammelten sich alle Maskenträger im Kreis und ließen dabei einen Abstand von gut einem Meter zwischen sich und ihren Nachbarn. Die Musik verstummte, nur noch die leisen Schritte der Letzten, die nach ihrem Platz im Kreis suchten, waren zu hören. Er beeilte sich, sich ebenfalls in den Kreis einzureihen, dann war es völlig still.
Einen Moment lang schloss Völkel die Augen, um sich die Szene, die sich vor ihm abspielte, einzuprägen, dann ertönte ein sphärischer Klang und Schritte waren zu hören. Im nächsten Moment stand ein Mann in der Mitte des Kreises, ohne Maske, aber mit einer Kapuze, die sein Gesicht verschattete. Wie in einem Horrorfilm kam es Völkel vor. Nichts war von dem Gesicht des Menschen zu sehen, in der Kapuze schien ein schwarzes Loch zu sein. Aber trotzdem hatte Völkel das Gefühl, den Mann irgendwoher zu kennen. Aber woher, wer war dieser Mann?
Von der Decke schimmerte bläuliches Licht, so dass die Personen einen Schatten warfen.
Dann ertönte eine tiefe männliche Stimme. Einen Moment lang war er irritiert, weil er nicht wusste, woher sie kam. Dann merkte er, dass es der Kapuzenmann in der Mitte war, der zu ihnen sprach.
Weihevoll sprach er, zuerst auf Lateinisch, dann auf Deutsch. Der Stimme nach zu urteilen schien es ein älterer Mann zu sein. Von dem Lateinischen verstand Völkel kein Wort, erst die deutsche Übersetzung kam ihm bekannt vor.

Was ist das, dachte er, woher kenne ich das? Ist das ein altes Buch, von dem ich vor langer Zeit gehört habe? Mit Troja hat es zu tun, aber es handelt vom Ende eines großen Krieges und von einem, der aus Troja floh und der danach viele Jahre unterwegs war auf der Suche nach einer neuen Heimat. Aeneis, dachte er, ja, es ist Aeneis, der mit seinem Vater aus dem brennenden Troja geflohen war und nach langer Irrfahrt Rom gegründet hatte. Es waren Zitate aus dem großen Epos von Vergil, die der Mann dort in der Mitte von sich gab.
Wie zur Bestätigung folgten die nächsten Worte:
„Wie dieser Sohn und dieser Vater halten auch wir zusammen. Wie der Sohn den Vater aus der brennenden Stadt trug und rettete, damit sie fern von Troja ihre neue Stadt gründen konnten, Rom, stehen auch wir einander bei und gründen eine Stadt. Wir, die neue Elite, die eine große Epoche gründen wird, wie es dereinst Aeneis tat."
Wie ein Priester kam ihm der Mann in der Mitte vor. Ein Priester, der seine Gemeinde zu einem Gottesdienst versammelt hatte und ihnen nun das Glaubensbekenntnis vortrug. Und sie hatten dem zuzustimmen mit lautem, freudig erregtem Rufen. War es also doch eine Sekte?
„Und während wir unsere neue Stadt bauen", fuhr die Stimme jetzt fort, „darf niemand unsere Regeln verletzen. Rein und unbelastet wollen wir unsere neue Welt erreichen. Nur wir sind es, die diese Welt aufbauen können, niemand anders kann das. Wir sind heute

zusammengekommen, um das zu bekräftigen. Wir bekräftigen unser Wort, dass wir die Regeln achten werden. Immer werden wir das tun!"

Laute Zustimmung folgte diesen Worten. Ja oder Yes oder Yeah riefen die Männer neben Völkel, und auch er stimmte darin ein, um nicht aufzufallen. Sie reichten sich dabei die Hände, auch Völkel wurde in diesen Kreis einbezogen. Es kam Völkel so vor wie ein erneutes Einschwören auf alte Regeln. Aber warum das, hatten sie es nötig?

Erst jetzt sah er, dass dieser Priester etwas in der Hand hielt. Eine Art Pendel war das, das er nun anfing zu bewegen. An seinem ausgestreckten Arm schwang es hin und her, mal in diese, mal in jene Richtung. Unten an dem Pendel befand sich ein kleines Gefäß, aus dem ein heller Rauch entwich, der den merkwürdigen Geruch verbreitete. Dieses Gemisch aus Weihrauch, Apfel und Rose.

Die anderen, merkte er, starrten genauso darauf wie er. Verdammt, was hatte das zu bedeuten und was sollte dieser Geruch? Plötzlich wurde die sphärische Musik lauter und einschmeichelnder und im selben Moment spürte er, dass sich in seinem Rücken etwas bewegte. Was ist das, dachte er, was spielt sich hier vor mir und was in meinem Rücken ab?

Er drehte sich vorsichtig um und sah, dass eine Frau hinter ihm stand. Eine nackte Frau, deren Haut im Dämmerlicht bläulich schimmerte. Als er den Kopf zur Seite wandte, bemerkte er, dass hinter jedem der

Maskenmänner eine Frau stand, alle waren sie nackt, alle trugen sie ein Seidentuch über dem Kopf.
Die Frauen waren schön, sie hatten junge, feste Körper. Auch zwei Schwarze waren unter den Frauen, deren Scham in der Dunkelheit nicht zu erkennen war, manche waren zierlich wie eine Asiatin.
Er spürte eine Erregung, wie er sie nicht erwartet hatte. Vorne der Oberpriester und im Kreis hinter ihnen die Priesterinnen, das war es, was er denken musste.
„Und nun wollen wir sehen, was die gerechte Vorsehung heute für uns bereit hält."
Der Oberpriester hauchte diese Worte, so dass sie im Klang der Sphärenmusik kaum zu verstehen waren. Die Maskenmänner neben ihm atmeten tief ein, strafften ihren Körper, hoben den Kopf und schienen zur Decke zu blicken. Die Hände hielten sie dabei von sich gestreckt, bereit, das zu empfangen, was die Vorsehung ihnen geben würde. Völkel ahnte, dass sie die Augen dabei geschlossen hatten, aber wahrscheinlich, vermutete er, taten sie es nicht vor Andacht, sondern vor Inbrunst.
„Ja", riefen sie, „lass sie sprechen, die Vorsehung, die es immer gut mit uns meint. Lass sie auch heute für uns entscheiden."
Das Pendel schlug hin und her, der Geruch wurde intensiver, auch Völkel konnte den Blick nicht davon abwenden.
Mal zeigte es auf diesen, mal auf jenen, bis es irgendwann nicht mehr die Richtung änderte, sondern sich nur noch auf einen der beiden Mönche zu bewegte.

„Oh", rief der Mönch und bestätigte so, dass er die Entscheidung des Pendels bemerkt hatte.

Das Pendel bewegte sich wieder, langsam, suchend, dann zeigte es zwischen zwei Männern hindurch auf eine Frau, die hinter ihnen stand.

Jetzt riefen alle dieses lang gezogene Ohhh. Die Frau kam auf den Mönch zu, schmiegte sich an ihn, hob dabei eines ihrer Beine, rieb es gegen seinen Oberschenkel, die beiden drehten sich um und verließen den Raum.

Das Pendel bewegte sich wieder und brachte das nächste Pärchen zusammen. Diesmal war es der Ziegenbock, der eine der beiden Schwarzen zugeteilt bekam. Das Ohhh war diesmal noch lauter. Schwarze Frauen schienen hoch im Kurs zu stehen, merkte Völkel. Wenn er nicht so erschreckt wäre über das, was hier passierte, hätte er darüber grinsen können.

Pärchen für Pärchen wurde durch das Pendel zusammengeführt, immer begleitet von Rufen des Erstaunens oder Entzückens. Zwischendurch glaubte er, denjenigen, der ihm schon am Buffet bekannt vorgekommen war, doch zu erkennen. Rossfeld, dachte er, das ist Rossfeld. Also hatte er ihn belogen, Völkel hatte es geahnt.

Als das Pendel plötzlich auf ihn zeigte, versäumte er es vor Schreck, laut Ohhh zu rufen. Es fiel aber nicht weiter auf. Kurz darauf schmiegte sich ein zartes Mädchen an ihn, das etwa einen Kopf kleiner war als er. Unter dem Seidentuch sah er ihre blitzenden Augen.

Was jetzt? Er wusste nicht, wohin er mit ihr gehen sollte, vor allem wusste er nicht, was er mit ihr

anfangen sollte. Sie war bestimmt jünger als Kathrin, und er konnte doch nicht mit so einem Mädchen … Um Gottes Willen, wenn Kathrin das erfahren würde, dachte er. Sie würde nie wieder mit mir sprechen und mich auch nicht mehr an Patrick heranlassen. Er gehörte nicht zur neuen Welt dieser Leute um ihn herum, er passte nicht in ihre Stadt, die sie erbauen wollten.
Das Mädchen nahm ihm die Entscheidung ab. Es nahm ihn an die Hand und führte ihn aus dem Raum. Noch immer hatte sie das Tuch über dem Kopf. Zurück blieben die letzten drei oder vier Maskenträger und die entsprechende Anzahl an nackten Mädchen.
Er folgte widerstandslos. Er wusste, dass er weiter mitspielen musste, um herauszufinden, was genau hier stattfand und was Gräfe und vielleicht auch Daria damit zu tun hatten. Bis jetzt war ja mit dem Mädchen noch nichts passiert, er konnte sich immer noch ausklinken, wenn es brenzlig wurde.
Sie kamen zurück in den Eingangsbereich und stiegen dort eine Treppe hoch. Das Mädchen ging voran, Völkel sah direkt vor sich ihren knackigen Po und musste sich zwingen, nicht allzu sehr darauf zu starren. Sie kannte sich aus in diesem Haus, merkte er, also war sie nicht zum ersten Mal bei dieser merkwürdigen Messe anwesend, bei dieser Gründungsversammlung für eine neue Welt. Er musste grinsen, als er daran dachte. Von wegen neue Welt. Wenn es darauf ankam, dann war es die ganz alte, die uralte Welt, um die es ging, wie er direkt vor sich sah. Dann hat sie schon mit Adam und Eva angefangen.

Im Obergeschoss befand sich ein langer Flur mit Zimmern links und rechts, wie in einem Hotel. Einige der Türen waren geschlossen, andere standen offen. Völkel glaubte zuerst nicht, was er sah. In einem der Zimmer lagen zwei Mädchen eng umschlungen auf einem Bett, während zwei Männer, der Ziegenbock und ein Pirat, mit Sektgläsern in der Hand davorsaßen, sich zuprosteten und die Mädchen bei ihrem Liebesspiel beobachteten. Zärtlich schmiegten sich die Mädchen aneinander, küssten, streichelten sich und fingen leise an zu stöhnen. In einem anderen fummelte ein Mann an seiner Partnerin herum, grob tat er es, mit festem Druck seiner Hand, was ihre Lust zu steigern schien. Im nächsten war es die Frau, die sich den Mann vornahm, der seine Augen dabei geschlossen hielt.
Ob sie die Lust wirklich fühlten, wie es ihr Seufzen und Stöhnen ausdrückte, fragte sich Völkel. Oder spielten sie sich gegenseitig etwas vor, die Mädchen vor allem ihren Partnern? Er kam zu keinem Ergebnis.
Im nächsten Zimmer zog sich der Mann über einen Strohhalm gerade eine Linie rein, während seine Partnerin ihm dabei zuzuschauen schien. Sie hatte noch immer das Seidentuch über dem Kopf, als gäbe es ihr Schutz davor, dass sie auch eine Linie schnüffeln musste.
Das Mädchen, das er ein paar Zimmer weiter auf einem Bett entdeckte, war eine Asiatin, wie er mit kurzem Blick feststellte. Sie kam ihm bekannt vor, aber alles ging viel zu schnell, um genauer hinzusehen. Sein

Mädchen hielt ihn nämlich weiter an der Hand und zog ihn mit sich.
„Weiter“, hauchte sie verführerisch, „worauf wartest du?“
Völkel antwortete nicht. Was er sah, machte ihn sprachlos. Es ging ja nicht nur darum, dass es wirklich passierte. Mindestens so sprachlos machte ihn die Offenheit, besser gesagt Schamlosigkeit, mit der alles geschah. Sie gaben sich nicht einmal Mühe, ihre Geilheit, nein, ihre Perversion voreinander zu verbergen. Wenn das die neue Welt war, von der der Oberpriester erzählt hatte, dann danke! Was glaubten diese Typen eigentlich, wer sie waren? Glaubten sie, sie könnten sich alles erlauben, nur weil sie es bezahlen konnten? Ja, dachte er, genau das glaubten sie. Wir sind die neue Welt, wir können uns alles leisten und deshalb tun und lassen, was wir wollen. Niemand kann uns daran hindern. Vielleicht auch nicht an einem Mord? Unwillkürlich musste er das denken.
Sie kamen jetzt zu einem unbesetzten Zimmer, das Mädchen zog ihn hinein. Völkel schloss sofort hinter sich die Tür, das Mädchen kicherte.
„Ne“, sagte er und zog sich die Maske vom Kopf, weil er anfing, darunter zu schwitzen. „Es ist nicht so, wie du denkst. So einer bin ich nicht.“
Das Mädchen streifte sich ebenfalls das Seidentuch vom Kopf und sah ihn erschrocken an.
Sie war noch jünger, als er gedacht hatte. Neunzehn, höchstens zwanzig war sie, hatte kurzes, blondes Haar

und funkelnde braune Augen. Ein hübsches Mädchen, wie er fand, genau das richtige für Rolf, wenn der Altersabstand nicht zu groß wäre.

„Das geht nicht", sagte sie. „Ich brauche das Geld. Wenn du mich nicht willst, wieso bist du dann hierhergekommen?"

„Beruhig' dich", antwortete er. „Dein Geld sollst du kriegen. So viel wie möglich von mir aus. Es kriegt ja niemand mit, was wir hier machen." Er sah sie an. „Besser gesagt, was wir hier nicht machen."

Seine Antwort schien sie nicht überzeugt zu haben.

„Und wie soll das gehen?"

„Indem wir so tun, als ob zwischen uns alles so abläuft wie zwischen den Paaren in den anderen Zimmern."

Sie verstand nicht.

„Du bist wohl ein ganz Perverser!", sagte sie. „Willst mich nur anschauen und dabei stöhnen, oder?"

„Ich kann dir nicht erklären, wer ich bin und was ich will. Ich bin jedenfalls nicht deinetwegen hier, sondern aus einem anderen Grund. Denk dir also nichts dabei."

Sie streckte sich auf dem Bett aus. Sie hatte einen kleinen, festen Busen, ihre Scham war ein schmaler, schwarzer Strich. Mein Gott, so hübsche Mädchen werden hier verheizt, dachte er. Er merkte, wie er wütend wurde auf diese Kerle. Es war schamlos, wie sie handelten, und lächerlich zugleich. Nein, nicht nur lächerlich waren sie, sondern kindisch in ihren dümmlichen Masken, in denen sie ihr Ritual abhielten.

Die Asiatin, dachte er, ich muss sie mir genau ansehen. Irgendwoher kenne ich sie. Dazu muss ich mir den Oberpriester ansehen, auf keinen Fall darf ich es versäumen, mir sein Gesicht anzusehen. Wenn ich weiß, wer die beiden sind, weiß ich mehr. Dann könnte ich den Hintergrund aufdecken, von dem ich im Gespräch mit Rossfeld nur etwas erahnt habe, und würde vielleicht sogar alles, was passiert war, verstehen.

„Bleib so liegen", sagte er. „Das heißt, deck dich zu. Ich muss noch mal zurück, weil ich beim Ritual in der Halle etwas vergessen habe. Verhalt dich still, während ich nicht da bin, ich komme schnell zurück."

Er sah sie prüfend an, während sie nickte. Würde sie ihn verraten, wenn sie gleich die Chance dazu hatte? Er wusste es nicht. Er wusste nur, dass sie schön war, aber ob sie auch ehrlich war, konnte er ihr nicht ansehen. Besser, er vertraute ihr nicht und tat das, was er tun musste, so schnell wie möglich. Sie hatte ihm ja gesagt, dass es ihr auf das Geld ankam und auf nichts anderes. Wieso sollte sie da Rücksicht auf ihn, einen alten Mann, nehmen, der nicht mal etwas von ihr wollte? Wenn sie für ihren Verrat mehr Geld bekäme als für ihre Liebesdienste, wäre klar, wie sie sich entscheiden würde.

Er wartete, bis sie sich zugedeckt hatte, weil es ihm das Gefühl gab, dass sie vielleicht so liegen bleiben und ihn zumindest nicht sofort verraten würde.

Er verließ leise das Zimmer. Der Flur war leer. Aus manchen Zimmern drangen laute Geräusche, bei

einigen davon stand auch jetzt noch die Tür offen. Er lief den Flur entlang, bis er zu dem Zimmer mit der Asiatin kam. Auch hier war die Tür noch nicht geschlossen worden. Die Situation war eindeutig. Ein Typ mit Bärenmaske lag auf ihr, die Asiatin blickte, während er sich auf ihr abmühte, gelangweilt zum Flur hinüber. In dem Moment, als sie ihn entdeckte, weiteten sich ihre Augen vor Schreck. Sie hatte ihn erkannt, er merkte es, und im selben Moment wusste auch er, wer sie war. Die Japanerin, die er auf dem Flur im Studentenheim zusammen mit Sarah getroffen hatte. Sarah hatte gewusst, wer Darias beste Freundin war, während die Japanerin einfach weitergegangen war. Sie hatte nichts über Daria sagen wollen, jetzt wusste Völkel, warum.
Vielleicht, dachte er, sind noch mehr Studentinnen aus diesem Heim unter den Priesterinnen der Lust, engagiert für viel Geld und für eine lange Nacht.
Und Sarah hatte noch jemanden erkannt, den Alten nämlich auf dem Foto, das er ihr gezeigt hatte. Weiter, drängte er sich selbst in Gedanken, jetzt musst du dir den Oberpriester ansehen. Noch bist du nicht zu Ende mit deiner Recherche. Der Typ ist der Chef von diesem Haufen, und er hat seine Leute, wenn ich das recht verstanden habe, gerade wieder auf ihre Regeln eingeschworen. Ich muss wissen, wer das ist. Ich muss sicher sein, dass er es ist!
Er lief die Treppenstufen hinunter, da merkte er plotzlich, dass ihm jemand folgte. Unwillkürlich

beschleunigte er seine Schritte, um sich so schnell wie möglich irgendwo zu verstecken. Aber es war zu spät.
„Bleiben Sie stehen!", rief eine tiefe Männerstimme hinter ihm. „Was wollen Sie hier? Wer hat Ihnen gesagt, dass Sie hier rein dürfen?"
Sofort gab es Unruhe im Haus. Er rannte, zwei, drei Stufen auf einmal nehmend, nach unten und kam in den Flur. Im selben Moment kamen die beiden Security-Leute aus einem Nebenzimmer gestürmt. Bevor sie ihm den Weg versperren konnten, war er schon an ihnen vorbei. Durch eine geöffnete Tür sah er den Oberpriester, der noch immer die Kapuze ins Gesicht gezogen hatte, wenn auch nicht mehr so tief wie beim Ritual. Das braun gebrannte Gesicht eines etwa sechzigjährigen Mannes wurde für einen Moment sichtbar, bevor er sich schnell von Völkel abwandte. Also doch, er hatte es geahnt.
Weiter, dachte er dann. Selbst der Oberpriester hatte jetzt gemerkt, dass er nicht hierhergehörte. Er hatte nur die Chance abzuhauen, bevor sie ihn fassen konnten. Und was dann mit ihm geschehen würde … Er wagte nicht, daran zu denken. Die Haustür, sah er, war nur angelehnt. Er stürmte darauf zu und trat dagegen. Sie sprang auf. Vor der Tür, im Licht einer Laterne, standen zwei Männer ohne Masken, die sich unterhielten. Gott sei Dank begriffen sie nicht sofort, was passierte, sondern ließen ihn vorbeilaufen.
Quer über die Beete hinweg rannte er auf das große Tor zu, von dem er nicht erkennen konnte, ob es offen stand oder schon geschlossen war. Hoffentlich konnte

er dadurch entwischen, dachte er, hoffentlich war es noch nicht verbarrikadiert. Er musste höllisch aufpassen, um in der Dunkelheit nicht über irgendetwas zu stolpern. An den Schritten hinter sich merkte er, dass die Security-Leute näher kamen. Verdammt, sie durften ihn nicht erwischen. Er hatte die Lösung ihres Falles gesehen. Wer weiß, ob noch mal ein Fremder einen Blick in diese Welt tun dürfte. Erst jetzt begriff er, dass er um sein Leben rannte.

Die verheilte Wunde an seiner Brust begann zu schmerzen, aber er rannte weiter, kam dem Tor näher, sah, dass es geschlossen war, rannte aber trotzdem darauf zu. Als er es erreichte, drückte er die Klinke herunter. Tatsächlich, es ließ sich öffnen. Er huschte durch den Spalt und rannte nach rechts, dorthin, wo Bartels Auto stand. Hoffentlich schlich der nicht irgendwo rum, dachte er, hoffentlich war er am Steuer sitzen geblieben, so wie sie es vereinbart hatten, damit sie jederzeit abhauen konnten.

Seine Sorge war unbegründet. Noch bevor er das Auto erreichte, ließ Bartels den Motor an. Die Security-Leute waren jetzt dicht hinter ihm, fünf, sechs Meter Abstand waren es höchstens noch. Völkel riss die Beifahrertür auf, sprang ins Auto, riss die Tür zu und drückte geistesgegenwärtig die Türsicherung. Im selben Moment fuhr Bartels schon an. Die Security-Leute erreichten das Auto trotzdem noch, sie rissen an der Tür, liefen nebenher, aber sie konnten sie nicht öffnen. Der erste der Security-Leute stolperte plötzlich. Er versuchte, sich noch am Türgriff festzuhalten, um sich daran aufzurichten, aber es gelang ihm nicht. Mit einem Knall, der das Motorengeräusch übertönte, stürzte er auf den Weg. Auch der zweite musste kurz darauf aufgeben, weil der Wagen zu schnell geworden war.

„Weiter!“, schrie Völkel. „Gib Gas!“

„Tu ich doch!“, schrie Bartels zurück.

Der Wagen holperte über den Lehmweg, mehrfach schlug die Federung krachend auf.

Hoffentlich ist das keine Sackgasse, dachte Völkel. Hoffentlich stehen wir nicht gleich vor einem Gebüsch im Wald und kommen nicht weiter. Dann haben die von der Security leichtes Spiel.

Tatsächlich schien der Weg immer weiter in den Wald hineinzuführen. Bartels schien dieselbe Befürchtung wie Völkel zu haben, denn er scherte plötzlich aus und steuerte einfach auf eine Wiese oder ein Feld, das rechts vom Weg auftauchte. Der Wagen ruckelte noch mehr.

„Um Gottes Willen, das geht doch nicht“, schrie Völkel. „Hier kommen wir nie durch.“

„Auf dem anderen Weg auch nicht!“, knurrte Bartels zurück.

Völkel wurde auf seinem Sitz hin- und hergeschleudert, einmal knallte er mit dem Kopf gegen die Decke. Jeden Moment, fürchtete er, könnte der Wagen stecken bleiben. Er drehte sich um und blickte in die Dunkelheit. Ob die Typen von der Security noch hinter ihnen waren? Oder ob sie, wenn sie den Wagen nicht erreichten, schießen würden? Aber er konnte in der Dunkelheit

nichts erkennen. Trotzdem zog er unwillkürlich den Kopf ein und kniff für einen Moment die Augen zusammen, als könnte es jeden Moment knallen.
In diesem Moment fuhr der Wagen plötzlich ruhiger.
„Was ist jetzt los?“, rief Völkel, erschreckt und erleichtert zugleich.
Bartels grinste. „Ein asphaltierter Feldweg, was weiß ich. Jedenfalls sind wir jetzt so gut wie weg hier.“
Völkel starrte nach vorn. Tatsächlich, im Licht der Scheinwerfer zeichnete sich ein Weg ab. Zwei-, dreihundert Meter fuhren sie über diesen Feldweg, dann kamen sie zu einer Straße. Es gab kein Schild, das zeigte, wohin sie führte. Bartels bog einfach nach rechts ab. Ein paar Kilometer fuhren sie auf dieser Straße, dann fanden sie ein Schild Richtung Erkrath. Sie waren auf dem richtigen Weg. Völkel spürte, wie die Anspannung der letzten Minuten von ihm abfiel.
In einem kleinen Kaff, das Dorperhof hieß, fanden sie eine Parkbucht am Wegrand. Bartels hielt und wischte sich über das Gesicht. Völkel sah, wie abgespannt er war.

## 20.

Bevor er von Völkel wissen wollte, was genau in dem Haus passiert war, lief Bartels erst mal um sein Auto herum. Er nickte, als er wieder einstieg.
„Ist noch alles dran. Ein paar Beulen vielleicht am

Unterboden, aber das ist nicht schlimm. Vor allem hat der Auspuff nicht gelitten."
Völkel hatte sich noch immer nicht ganz beruhigt. Jetzt, da alles um ihn herum ganz ruhig war, merkte er erst richtig, wie heftig sein Herz schlug. Wirklich sicher fühlte er sich immer noch nicht. Sie waren zwar ein paar Kilometer von dem Landhaus entfernt, aber was wäre, wenn ihnen ein paar von den Maskenmännern nachgefahren waren? Wenn sie die Gegend absuchten, um ihn doch noch zu packen? Immer wieder ertappte er sich dabei, wie er sich umdrehte, um zu schauen, ob in der Ferne Scheinwerferlicht auftauchte.
„Was war los in dem Haus?", fragte Bartels.
„Erst mal ein Lob für dich!", antwortete Völkel. „So gut, wie du bei meiner Flucht reagiert hast, da könntest du glatt bei der Polizei anfangen."
Bartels antwortete nicht.
Völkel zögerte mit der Schilderung dessen, was er gesehen hatte. Wie würde er reagieren, wenn er erfuhr, was Daria in dem Haus gemacht hatte? Er hatte sie geliebt, irgendwie liebte er sie noch immer.
„Glaubst du, dass Daria wirklich in dem Landhaus gewesen ist?" Es unterlief ihm ganz automatisch, dass er Bartels duzte. Die überwundene Notsituation, das Vertrauen in ihn brachte es einfach mit sich.
„Was sonst? Nun los, erzählen Sie! Ich will jetzt endlich die Wahrheit wissen."
Während Völkel zuerst zögernd, dann immer offener

erzählte, behielt er Bartels genau im Auge, bereit, jederzeit abzubrechen, wenn Bartels allzu heftig reagieren sollte. Aber er ertrug die Schilderung des Rituals und der Szenen in den Zimmern äußerlich ganz ruhig. Wie es in seinem Inneren aussah, konnte Völkel aber nur ahnen.

Als er seinen Bericht beendet hatte, schwiegen sie eine Zeitlang. Bartels atmete tief durch, es fiel ihm sichtlich schwer, die Informationen zu verarbeiten.

„Ich hab´s geahnt“, sagte er dann. „Ich hab´ mir schon vorgestellt, dass da irgendwelche Schweinereien laufen. Aber dass es so schlimm ist …“

Er holte wieder tief Luft.

„Woher wusstest du es denn?“

„Gräfe hat in dem Gespräch, als ich ihn zur Rede stellte, so eine Andeutung gemacht. Als ich ihm sagte, dass sie mir gehöre, hat er laut gelacht. Wenn ich wüsste, wem Daria alles gehören würde, hat er gerufen, da würde ich staunen.“

„Und das war alles?“

„Nein, dazu kam ein Bericht von Daria. Sie hat über ein Landhaus geredet und wie schön dieses Haus sei. Ich glaube, es schwang sogar ein bisschen Stolz mit, dass sie in so ein Haus eingeladen wurde.“

„Und dann bist du ihr mit dem Auto gefolgt.“

Bartels nickte.

„Und vor ein paar Tagen hat sie mir gesagt, dass sie an diesem Donnerstag keine Zeit hätte. Da hätte sie etwas Wichtiges vor.“

„Und woher wusstest du das Geheimwort für den Eintritt?"
„Auch von ihr. Daria hat mir gesagt, dass man ein Codewort nennen müsste, bevor man hineinkäme. Das war noch zu der Zeit, als sie mir vertraute. Es wäre immer ein skandinavisches Land, hat sie gesagt. Zuletzt wären es Dänemark und Norwegen gewesen. Da habe ich mir den Rest zusammengereimt."
„Aber es hätte auch Finnland sein können."
„Dann hätten wir Pech gehabt."
Völkel wollte sich nicht vorstellen, was dann passiert wäre. Ihm fiel plötzlich ein, was er bei der Überprüfung von Darias Zimmer gefunden und Schober verschwiegen hatte, um ihre Privatsphäre zu schützen. Die aufreizenden Dessous nämlich, von denen er meinte, dass sie ohne Bedeutung seien. Ein Trugschluss, wie sich jetzt herausstellte. Bei Mord gab es keine Privatsphäre, das hatte er doch immer gewusst. Also hatte sein Instinkt seit der Frühpensionierung doch gelitten.
„Trug Daria gerne Reizwäsche?", fragte er.
„Reizwäsche? Wie kommen Sie darauf?"
„Nur so."
„Nicht dass ich wüsste. Daria war in allem ganz normal. Sie war nicht prüde, aber auch nicht nuttig."
„Das sehe ich auch so. Bis sie Gräfe oder jemanden aus seinem Umfeld getroffen hatte, da veränderte sie sich."
„Ja, diese Schwankungen in ihren Gefühlen, erst tief deprimiert, dann plötzlich fröhlich und dann …" Er schwieg.

„ … abweisend dir gegenüber, stimmt´s?“, fuhr Völkel fort.
Bartels nickte.
„Hat sie nicht mit dir über ihre Probleme gesprochen?“
Er schüttelte den Kopf. „Nicht so richtig. Sie hätte Probleme mit ihren Eltern, hat sie gesagt. Mehr nicht.“
Gut, dann wollte Völkel auch nicht mehr sagen, obwohl ihm die Abfolge der Geschehnisse inzwischen klar war. Darias Eltern hatten gewollt, dass sie zurück nach Ägypten kam. Das Mubarak-Regime hatte ihren Vater zwar nicht ins Gefängnis gesteckt, aber seine Verdienstmöglichkeiten als Anwalt beschnitten. Daria wollte aber nicht zurück und war bei der Suche nach einer Lösung auf die Landhaustruppe gestoßen, von denen mindestens einige, vielleicht auch alle Banker waren. Darin sah sie die Möglichkeit, sich das Geld für das Studium selbst zu besorgen. Vielleicht war der Kontakt über die Japanerin gelaufen, vielleicht über ein anderes Mädchen, das sie aus dem Studium oder dem Heim kannte. Und dann war da etwas passiert, das der Landhaustruppe nicht gefiel. Etwas, das derart radikal mit ihren Spielregeln brach, dass sie ermordet wurde.
Aber was war das gewesen? Was war Schlimmes passiert, dass sie sterben musste? Es musste etwas gewesen sein, das sie einerseits froh stimmte, dessen gefährliche Kehrseite sie aber nicht erkannt hatte.
Gräfe, dachte er, ganz klar, es konnte nur etwas sein, das mit ihm zu tun hatte. Langsam bekam sein Verdacht immer klarere Konturen.

„Und jetzt?", fragte Bartels. „Wollen Sie Ihre Kollegen anrufen und die Versammlung auffliegen lassen?"
„Mit welcher Begründung denn? Dass sie da Schweinereien betreiben, die sie für die Gründung einer neuen Welt halten? Das mag pervers sein, völlig spinnert sowieso, aber die Leute sind alle über achtzehn. Mit welcher Handhabe sollten wir da eindringen?"
„Aber wenn Sie zögern, sind alle weg. Dann finden Sie nie heraus, warum Daria sterben musste. Deshalb habe ich doch gewollt, dass Sie da reingehen und nicht ich."
„Nicht so voreilig. Der nächste Schritt muss genau überlegt sein. Deshalb bringst du mich erst mal zu meiner Tochter, damit ich wenigstens noch ein paar Stunden schlafen kann. Wenn wir was rausfinden, melde ich mich bei dir. Versprochen. Gib mir deine Handynummer."
Bartels folgte zögernd seiner Anweisung.
Kurz darauf schlich sich Völkel leise in Kathrins Wohnung. Sein Bett war schon frisch bezogen, bereit für seinen nächsten Besuch. Einen Schlafanzug fand er nicht, den hatte sie wahrscheinlich in den Wäschekorb in ihrem Schlafzimmer gelegt. Egal, dachte er. Dann musste er eben in Unterhemd und Unterhose schlafen.

## 21.

Patrick freute sich, als sein Opa so völlig überraschend am Frühstückstisch erschien.

„Da ist ja Opa!“, rief er. „Mensch Opa, dass du wieder da bist!“
Kathrin blickte vom Tisch auf und sah ihn mit offenem Mund an, als stünde ein Gespenst vor ihr. An seinem Aufzug konnte es nicht liegen, Völkel hatte sich seinen alten Bademantel angezogen, so dass er halbwegs manierlich aussah.
„Hallo“, sagte er möglichst unbekümmert, „habt ihr noch ein Marmeladenbrötchen für mich?“
Kathrin brauchte noch einen Moment, um sich zu fassen. „Papa“, rief sie, „den ganzen Abend habe ich versucht, dich anzurufen. Da kann ich es ja lange in Dortmund versuchen, wenn du dich weiter in Düsseldorf rumtreibst.“
„Rumtreiben, was heißt das schon?“ Er versuchte es mit einem Scherz. „Die Stadt ist doch schön, schließlich lebst du ja auch hier.“
„Hör auf, Papa. Als wenn es dir jemals um die Schönheit von Städten gegangen wäre. In dem Punkt geht dir doch nichts über Dortmund.“
Er musste grinsen. Es stimmte ja, was sie sagte. Wirklich schön war Dortmund zwar nicht, das hatte er auch nie behauptet. Aber für ihn hatte die Stadt immer ihren eigenen Reiz gehabt. Vermutlich, weil er sie bis in den letzten Winkel kannte.
Ihre Augen blitzten, er sah, wie wütend sie war.
„Nicht mal gemeldet hast du dich. Kannst du dir vorstellen, dass ich mir Sorgen gemacht habe?“ Sie schwieg einen Moment lang, als erwartete sie eine Antwort darauf. „Nein, das kannst du nicht“, fuhr sie dann fort, um

schließlich abzuwinken. „Ach, was rede ich. Du hörst ja doch nicht."
„Nicht mit Opa streiten!", rief Patrick.
Kathrin antwortete nicht. Sie sagte jetzt gar nichts mehr und aß schweigend ihr Müsli. Völkel versuchte es mit einem Gespräch mit Patrick.
„Opa bringt dich wieder zum Kindergarten", sagte er. Dann sah er Kathrin an. „Das darf ich doch noch, oder?"
Kathrin schwieg. Patrick war von der bedrückenden Stimmung ebenfalls so eingeschüchtert, dass er nichts mehr sagte.
Außer den leisen Kaugeräuschen war nichts zu hören. Erst als Kathrin sich fertigmachte, um zur Arbeit zu fahren, nahm sie ihren Vater abrupt in den Arm.
„Ich will gar nicht wissen, was du gestern hier gemacht hast", sagte sie, „denn wenn ich es wüsste, würde ich mir noch mehr Sorgen machen." Sie sah ihm fest in die Augen. „Ich will auch gar nicht wissen, was du noch alles vorhast. Du sollst mir nur eines versprechen, nämlich dass du nicht leichtsinnig bist."
Er war gerührt von ihrer Sorge.
„Ich verspreche es, ehrlich."
Patrick wurde nach der Umarmung wieder munterer. Er erzählte auf dem Weg zum Kindergarten von irgendwelchen Spielen, die sie dort machten, Völkel hörte aber nur halbherzig zu, es gelang ihm einfach nicht, sich auf den Kleinen zu konzentrieren. Gott sei Dank schien Patrick es nicht zu bemerken. Nachdem er ihn

im Kindergarten abgeliefert hatte, rief er über Handy sofort Schober an. Kurz darauf saßen sie nebeneinander in dessen Auto direkt vor Kathrins Haustür. Völkel erzählte ihm alles, was er in der Nacht erlebt hatte, selbst von seiner Flucht berichtete er. Nur, dass er den Tipp von Bartels bekommen und dass Bartels ihn gerettet hatte, verschwieg er. Er würde es Schober auch noch erklären, aber nicht jetzt. Jetzt kam es darauf an, dass sie in der Sache weiterkamen.
Schober war auch ohne diese Information verstimmt.
„Du hättest mir erzählen müssen, was du vorhast!“, sagte er. „Wir wären zusammen hingegangen, ich hätte dich gesichert. So aber hast du dich selbst in Gefahr gebracht.“
Er sah Völkel prüfend von der Seite an. „Ist ja fast ein Wunder, dass du nach deiner Entdeckung da rausgekommen bist, so ganz alleine.“
An der Art, wie er die letzten Worte betonte, merkte Völkel, dass Schober die Lücken in seinem Bericht bemerkt hatte. Egal, jetzt war nur wichtig, dass er nicht nachfragte.
„Es ist alles ganz schnell gegangen“, verteidigte sich Völkel. „Glaub mir, ich hatte gar keine Zeit zu überlegen.“
Schober nickte. Ob er wirklich überzeugt war, konnte Völkel nicht sehen. Er glaubte es aber nicht.
„Komm, dann zeig mir mal dieses Landhaus“, sagte Schober.
Völkel dirigierte ihn während der Fahrt. Das letzte Stuck über den Feldweg fuhren sie auf seine

Anordnung hin sehr langsam. Aufmerksam kontrollierte Völkel das Gelände, um festzustellen, ob jemand ihr Kommen beobachtete. Aber es war alles ruhig, niemand war auf dem Weg zu entdecken, später auch nicht im Wald.

Bevor sie zum Landhaus kamen, gab es einen kleinen Weg, in den sie einbiegen konnten. Hinter einem Gebüsch konnten sie Schobers Golf so parken, dass ihn vom Weg aus niemand sehen konnte.

Zu Fuß schlichen sie sich zu dem Haus hinüber. Völkel spürte zuerst eine wachsende Anspannung, dann aber, je näher sie kamen, eine immer größere Enttäuschung. Völlig verlassen lag das Haus hinter der hohen Mauer, die Fensterläden waren geschlossen, kein Auto war zu sehen, eine beängstigende Stille lag über dem gesamten Gelände.

Nichts, aber auch gar nichts deutete auf das hin, was hier während der Nacht geschehen war. Wenn er es nicht selber gesehen hätte, würde Völkel es auch nicht glauben. Ruhe strahlte das Haus, das sie durch das große Eingangstor beobachteten, aus, Gemütlichkeit und Unschuld. Wenn es so etwas denn gäbe, Unschuld bei einem Haus.

Er sah Schober an, der noch immer Park, Beete und Haus angestrengt beobachtete. Hoffentlich denkt er jetzt nichts Falsches, überlegte Völkel. Hoffentlich glaubt er nicht, dass die Schusswunde nicht nur Panikattacken, sondern auch noch Wahnvorstellungen bei mir ausgelöst hat.

„An dem Baum links ist eine Kamera angebracht, die das gesamte Gelände im Blick hat", sagte er schließlich.
Völkel starrte hinüber. Es stimmte, die hatte er noch gar nicht gesehen. Ob sie schon die ganze Zeit dort gehangen hatte? Dann hatten sie Bilder von ihm. Im ersten Moment beunruhigte ihn das, im zweiten wurde es ihm gleichgültig. Rossfeld kannte ihn. Wahrscheinlich hatte der längst berichtet, wer er war. Vielleicht hatte es die meisten in der Truppe aber gar nicht interessiert. Warum auch? Sie waren mit sich und ihren Mädchen beschäftigt gewesen, was sollte sie da ein Spanner interessieren, der sich heimlich eingeschlichen hatte. So ähnlich würden sie es sehen, glaubte er, bis auf ... ja, bis auf die, die mit den Morden zu tun hatten. Aber wie das zusammenhing, davon hatte er nur eine vage Vermutung.
„Unglaublich, diese Verwandlung", sagte er. „Heute Nacht die Orgie und jetzt diese völlige Ruhe."
Er schaute dabei heimlich Schober an, um herauszufinden, was er von der Erklärung hielt.
„Warum nicht?", antwortete Schober. „So ein Haus ist schnell aufgeräumt. Wer weiß, vielleicht gehört das auch zu den Aufgaben der Damen. Bedienen und aufräumen, würde doch zu dem Frauenbild dieser Herren passen, wenn ich das richtig verstanden habe."
Völkel atmete auf. Schober glaubte ihm also. Eigentlich konnte er das auch, denn verschwiegen hatte er ihm schon mal was, aber belogen noch nie.

„Du meinst also, Gräfe und Daria haben an diesen, sagen wir Versammlungen teilgenommen. Also müssen auch die Morde etwas damit zu tun haben."
Völkel nickte. „Ganz sicher", antwortete er. „Das ist eine ganz elitäre Sache mit klar festgelegten Regeln. Ich habe sie doch selbst gehört. Die Morde müssen damit zu tun haben."
Schober schüttelte den Kopf. „Eigentlich ist es ganz unglaublich, was du mir erzählt hast." Er zögerte einen Moment lang, bevor er fortfuhr. „Was einige Leute glauben, sich erlauben zu können …" Er schüttelte den Kopf.
„Wieso?", rief Völkel. „Die fühlen sich als die neue Elite. Die glauben, machen zu können, was sie wollen."
„Klappt ja auch. Wenn ihre beruflichen Projekte schieflaufen, wenn sie sich verspekulieren, greift der Staat ein. Hast du doch an der Finanzkrise gesehen."
Das stimmte. Trotzdem, je mehr Völkel darüber nachdachte, desto mehr musste auch er staunen über das, was er in der Nacht erlebt hatte.
„Und wie kommen wir jetzt weiter?", fragte Schober.
„Rossfeld", sagte Völkel. „Wir müssen ihn befragen. Er kann sich jetzt nicht mehr völlig unwissend stellen."
„Ist der denn in seiner Bank?"
„Versuche es. Ruf mal an."
Die Vermutung, dass Rossfeld heute einen freien Tag haben könnte, war richtig gewesen. Rossfeld hätte sich für diesen Tag schon vor Wochen Urlaub genommen, erklärte ihm die Frau vom Empfang.

Schober rief seinen Kollegen Brauner an, kurz darauf hatte er seine Adresse. Rossfeld hätte eine Penthauswohnung in Oberkassel, dem Prominenten-Viertel von Düsseldorf, erklärte Schober. Völkel hatte nichts anderes erwartet.

## 22.

Rossfeld sah sehr verschlafen aus, als er ihnen öffnete. Sein verschwitztes Haar klebte am Kopf, Bartstoppeln waren sichtbar, er hatte offensichtlich noch keine Zeit gefunden, sich zu duschen und zu rasieren. Wahrscheinlich hatten sie ihn durch ihr andauerndes Klingeln erst aus dem Bett geholt.

„Was wollen Sie?“

„Wir müssen Sie sprechen.“

Die Bestimmtheit in Schobers Tonfall beeindruckte ihn sichtlich. Er fragte nicht weiter, sondern führte sie in ein großes Wohnzimmer, das nach drei Seiten hin verglast war und einen wunderbaren Blick auf Düsseldorf ermöglichte. In der Ferne strömte der Rhein durch sein breites Flussbett. Ein schöner Anblick, Völkel ließ ihn eine Zeitlang auf sich wirken. Dabei merkte er, wie Rossfeld ihn heimlich beobachtete.

„Was ist jetzt?“, fragte er schließlich. „Was wollen Sie von mir? Ich habe heute meinen freien Tag und möchte mich erholen. Ich will meine Zeit nicht verplempern.“

„Sehen Sie, genau darum geht es", antwortete Völkel und grinste. Rossfeld war sichtlich verwirrt.
„Worum geht es? Darum, dass ich meine Zeit nicht verplempere?"
„Nicht ganz", antwortete Völkel und grinste weiter. Es machte ihm Freude, diesen arroganten Typen durcheinander zu bringen.
„Nicht dass sie die Zeit verplempern, sondern womit. Darum geht es uns."
„Das geht Sie nichts an." Sofort hatte er seine überhebliche Haltung zurück gewonnen. Völkel ließ sich davon nicht beirren.
„Oh doch. Erzählen Sie mal meinem Kollegen, was Sie gestern Nacht gemacht haben."
„Ich sagte Ihnen schon, das geht Sie nichts an."
„Und warum geht uns das nichts an?"
„Weil es dabei nicht um Leute wie Sie beide geht. Solche wie Sie haben mit dieser Sache nichts zu tun."
Jetzt sprach nicht nur Arroganz aus seinen Worten, sondern Verachtung.
„Sie meinen, weil wir es nicht wert sind, dabei zu sein."
Es fiel Völkel schwer, Haltung zu bewahren. Der Kerl hielt es nicht einmal für nötig, ihnen einen Platz anzubieten. Wie dumme Schuljungen standen sie vor ihm.
„Ich meine, dass es Leute wie Sie nicht betrifft, ganz einfach."
„Dann wollen Sie uns also nichts über die Orgie erzählen, die in dem Landhaus Richtung Erkrath stattfand", mischte sich Schober ein.

„Orgie." Rossfeld blies verächtlich die Backen auf. „Sehen Sie, das ist der Grund, weshalb Leute wie Sie nichts darüber zu wissen brauchen. Sie verstehen nicht mal im Ansatz, was wir machen. Im Übrigen bin ich Ihnen auch keine Rechenschaft schuldig. Es ist nichts Verbotenes, was dort geschehen ist. Alle Beteiligten waren über achtzehn, also was wollen Sie? Der einzige Straftatbestand betraf einen Mann, der sich in diese absolut private Veranstaltung eingeschlichen hat." Er hielt inne und sah Völkel an. „So was nennt man, glaube ich, Hausfriedensbruch."

Schober ging nicht darauf ein.

„Wenn wir es nicht verstehen, vielleicht erklären Sie es uns. Also, unser Zeuge …" - Schober machte jetzt auch eine Pause und sah Völkel an, bevor er fortfuhr - „ … unser Zeuge meint, es wäre ein abgehobener Zirkel gewesen, der sich dort getroffen hätte. Fast so etwas wie eine verschworene Gemeinschaft."

Es war jetzt nicht mehr ein arrogantes Grinsen, das Rossfeld zeigte, sondern etwas wie Stolz schimmerte durch. Nicht schlecht, dachte Völkel, wen man an der Ehre packte, der verriet mehr. So hatte er das immer erlebt.

„Haben Sie schon mal was von Gramsci gehört? Der Kampf um die Köpfe?", fragte Rossfeld.

Na bitte, dachte Völkel. Da kommt er ja doch raus mit seinem Wissen. Wenn auch nicht mit dem zu den konkreten Ereignissen, aber die Hintergründe zu erfahren, ihre abnorme Denkweise, das würde auch weiterhelfen. Da war er sich sicher.

„Gramsci“, lockte er ihn. „War das nicht ein Marxist?“
„Oh, Sie wissen ja doch etwas.“ Rossfeld schien tatsächlich beeindruckt zu sein. „Ja, das war ein Marxist, da sehen Sie mal, wie tolerant wir sind. Nach Gramsci kommt es nicht darauf an, die Masse hinter sich zu haben. Die Masse ist ein Spielball, sie macht mal dieses und mal jenes, je nachdem, was ihr suggeriert wird. Wichtig ist es, die richtigen Köpfe auf seiner Seite zu haben. Dann hat man die ganze Welt für sich.“
„Und die richtigen Köpfe, das sind Sie“, ergänzte Völkel. Rossfeld schwieg, aber es war ihm anzusehen, was er dachte.
„Wie wäre es denn mit Nietzsche?“, hakte Völkel nach, sicher, dass Rossfeld jetzt wirklich überrascht sein musste. „Der Übermensch, das passt doch auch zu Ihnen.“
Jetzt zahlte es sich aus, dass er in den letzten Monaten viel Zeit zum Lesen gehabt hatte. Manchmal hatte er sich ein Buch mit in den Tierpark genommen und dort auf einer Bank, neben dem Löwenkäfig oder Tapirgehege, gelesen. Nur dass es sich so schnell auszahlen würde, hatte er nicht gedacht.
„Vor allem, dass die meisten Menschen aus sich heraus kein Ganzes bilden können, das ist an Nietzsche wichtig“, stimmte ihm Rossfeld zu. „Dass die allermeisten nichts anderes sind als die Fabrikware Mensch, der graue, unwichtige Durchschnitt. Der Übermensch dagegen kann das, nämlich aus sich heraus ein Ganzes bilden, und er darf, das wissen Sie ja, wenn Sie Nietzsche kennen, nicht aufgehalten werden.“

Völkel sah zu Schober hinüber, der mit offenem Mund zuhörte. Nein, so einen Verlauf des Gesprächs hatte er ganz offensichtlich nicht erwartet. Es dauerte einen Moment, bis er sich fasste.
„Wenn wir den Übermenschen noch einen Augenblick aufhalten dürften", sagte er dann, „dann wüsste ich noch gerne, ob Gräfe auch zu Ihrer Übermenschenelite gehörte."
Völkel sah, dass Rossfeld die Ironie überhaupt nicht behagte. Vielleicht hätte Schober ihm weiter schmeicheln sollen, dachte er, vielleicht würden sie dann mehr aus ihm herauskriegen.
„Ob Gräfe dabei war, geht Sie nichts an."
„Können Sie sich vorstellen, dass der Mord an ihm etwas mit Ihrer … Tafelrunde zu tun hat?", hakte Völkel nach.
„Wir sind keine Mörder."
„Ich weiß, Sie sind die Elite. Und Daria Fathi, können Sie wenigstens sagen, ob die dabei war?", fragte Schober.
„Die kenne ich nicht", antwortete Rossfeld. „Wozu auch?"
„Was also nicht heißt, dass sie nicht dabei war", ergänzte Schober.
„Ich glaube, wir haben Ihre Einstellung jetzt verstanden", sagte Völkel. „Ich hätte nur noch eine letzte Frage. Der Zeremonienmeister, der mit der Kapuze und dem Räuchergefäß in der Hand, wer ist das? Vielleicht können wir wenigstens seinen Namen erfahren."
Rossfeld schüttelte den Kopf.

„Auch das geht Sie nichts an. Vielleicht erfahren Sie ja seinen Namen, wenn er Anzeige gegen Unbekannt erstattet. Ich meine, gegen den Störenfried, der gestern unberechtigt in eine private Veranstaltung eingebrochen ist."

„Glauben Sie ernsthaft, dass er das tun wird?"

Völkel grinste, Rossfeld schwieg.

„Ich denke, das war´s dann wohl, oder?"

Rossfeld wartete ihre Antwort nicht einmal ab, sondern ging vor zur Tür, öffnete und machte eine eindeutige Handbewegung. Los, raus jetzt, hieß das.

„Was war das denn?", fragte Schober, als sie wieder in seinem Golf saßen. „War das ein Kurzdurchlauf durch die Geschichte der Philosophie oder was?"

„Das war eine Lehrstunde in Sachen Menschenkenntnis. Da hast du mal gesehen, welches Menschenbild diese Leute haben. Wie die sich selbst im Vergleich zu den anderen beurteilen."

„Zum Kotzen."

„Voilà, die neuen Herrscher der Welt. Alles das, was wir für normal und auch schön halten, ist für sie langweilig, spießig und abgeschmackt. Das ist was für die Fabrikware Mensch, aber nicht für sie. Ich zum Beispiel gehe gern in den Tierpark. Wenn ich das dem Rossfeld erzähle, lacht der nicht mal. So was ist unterirdisch für den."

„Da ist eine Welt, von der wir gar nichts mitkriegen", antwortete Schober. „Die völlig abgehoben ist, außerhalb jeder Vorstellung."

„Privat und geschäftlich“, sagte Völkel. „In beiden Bereichen versteht ein Außenstehender nicht, was sie da treiben. Und weil sie geschäftlich völlig ohne Kontrolle sind, glauben sie auch, sich privat alles erlauben zu dürfen. Das nötige Kleingeld dazu haben sie ja durch ihre Boni.“
„Immerhin weiß ich jetzt sicher, dass du heute Nacht nicht geträumt hast, sondern dass das alles wirklich passiert ist.“ Schober lachte.
„Hast du daran etwa gezweifelt?“
„Nicht wirklich. Nur eines haben wir bei Rossfeld nicht erreicht, nämlich einen neuen Ermittlungsansatz.“
Völkel nickte. Verdammt, sie traten auf der Stelle. Sie wussten, wo der Mörder zu suchen war, aber sie kamen nicht an ihn ran. Eine Mauer des Schweigens umgab diesen Bereich, der nicht im Ansatz so elitär war, wie Rossfeld getan hatte, fand Völkel. Worum ging es denn? Um Ficken und Brutalität. Nein, neu war das wirklich nicht, sondern alt. Uralt.
„Die Japanerin“, sagte er mehr zu sich selber als zu Schober. „Eine Spur haben wir noch. Wir müssen uns die Japanerin aus dem Studentenheim vornehmen. Ich bin sicher, dass sie es war, die ich bei der Sexmesse gesehen habe.“

## 23.

Der Pförtner an der Tür des Studentenwohnheimes kannte Völkel und Schober schon.

„Naoke ist nicht da“, sagte er, als Völkel ihm das Mädchen beschrieb, das sie sprechen wollten. „Die ist an der Uni.“
„Dürfen wir uns trotzdem mal ihr Zimmer ansehen?“
Er zögerte, dann ging er mit und schloss ihnen die Zimmertür auf.
„Ganz korrekt ist das nicht, was wir hier machen“, sagte er.
Völkel und Schober wussten das auch.
Wie erhofft fanden sie über ihrem Schreibtisch ihren Semesterplan. Schober schrieb sich die Seminare und vor allem die Raumnummern auf. Er blickte auf die Uhr.
„Sie ist jetzt in Gebäude G, Raum 231.“
Sie kannten sich inzwischen an der Uni aus. Diesmal mussten sie keine Lehrveranstaltung stören, denn als sie ankamen, war das Seminar gerade zu Ende. Sie mussten nicht lange warten, bis Naoke herauskam.
Sie sah müde aus, schrecklich müde sogar und sehr blass. Kein Wunder nach dieser Nacht, dachte Völkel. Dass sie überhaupt noch zur Uni gegangen war, war schon erstaunlich. Asiatische Disziplin, man konnte ja öfter davon in der Zeitung lesen.
Als sie ihn entdeckte, schien sie noch bleicher zu werden. Sofort wich sie seinem Blick aus und suchte Schutz hinter zwei Studenten, die in Richtung einer Caféteria davongehen wollten.
„Naoke!“ Völkel beeilte sich, sie zu erreichen. „Warten Sie, Naoke, wir haben nur ein paar Fragen an sie.“
Sie blieb stehen, sah ihn aber nicht an, sondern blickte auf den Boden. Auch wenn ihm asiatische Gesichter

fremd waren, merkte er doch, dass sie sich schämte.
„Naoke“, versuchte er sie zu beruhigen. „Es geht uns nicht um Sie. Sie dürfen tun und lassen, was Sie wollen. Wir haben Fragen zu ein paar anderen Personen, die heute Nacht dabeiwaren, nicht zu Ihnen.“
Es dauerte noch einen Augenblick, bis sie die Augen hob.
„Meine Eltern dürfen nie erfahren, was ich da mache.“
Völkel musste seinen Kopf ganz nah an ihren Mund halten, so leise sprach sie.
„Das werden sie auch nicht, versprochen.“
Sie wollte nicht, dass sie in die Caféteria gingen. Die Sorge, dass jemand aus ihrem Seminar merken könnte, dass sie mit Polizisten sprach, und später Fragen stellen könnten, war zu groß. Sie verließen das Gebäude und setzten sich auf eine Bank etwas abseits vom Eingang.
Völkel richtete es so ein, dass sie nicht in der Mitte saß. Er wollte sie nicht in die Zange nehmen, sie war schon verschüchtert genug. Schober sah ihn auffordernd an. Er wollte, dass Völkel das Gespräch übernahm, was sich auch anbot. Schließlich hatte er ja die Japanerin unter den Gästen im Landhaus gesehen.
„Was studieren Sie eigentlich?“, fing er in möglichst unbekümmertem Ton an.
„Germanistik.“
„Dann wollen Sie nach dem Studium hierbleiben?“
Sie schüttelte den Kopf. „Ich will zurück nach Japan, um dort als Deutschlehrerin zu arbeiten.“
Die letzten Worte sprach sie wieder so leise, dass

Völkel sie nur erahnen konnte. Er beugte sich, bevor er den nächsten Satz sprach, noch näher zu ihr hin.
„Naoke, was Sie da gestern gemacht haben, interessiert uns nicht. Das ist auch nicht verboten."
Sie sah ihn ungläubig an. Für meine Eltern schon, schien sie zu denken.
„Wir wollen nur wissen, ob Daria das auch gemacht hat, was Sie … ich meine, ob Daria auch dabei war."
Sie ließ sich lange Zeit mit ihrer Antwort.
„Ja", hauchte sie schließlich, „Daria war auch dabei."
„Haben Sie sich das gemeinsam überlegt? Haben Sie da zusammen angefangen?"
Naoke fing plötzlich an zu weinen, was Völkel einen Moment lang hilflos machte. Sollte er sie in den Arm nehmen, sollte er etwas Beruhigendes sagen oder einfach nur warten, bis sie sich wieder gefangen hatte? Hilflos blickte er zu Schober hinüber, der aber auch mit den Schultern zuckte. Mein Gott, was ist mit der los, dachte er, so prüde sind die Japaner doch gar nicht. Dann kam ihm plötzlich ein Verdacht.
„Sie waren zuerst da, stimmt`s?"
Sie nickte.
„Und Sie haben Daria darauf hingewiesen, dass sie da auch mitmachen könnte."
Sie antwortete nicht darauf, sondern weinte nur noch heftiger. Ein paar Studenten, die vorübergingen, schauten neugierig herüber.
„Sie müssen sich keine Vorwürfe machen. Für das, was passiert ist, können Sie doch nichts."

Sie schüttelte den Kopf.
„Ich muss immer denken, dass Daria noch leben könnte, wenn ich ihr nichts davon erzählt hätte. Ich selbst wollte auch nicht mehr dahin, ich wollte das nicht mehr machen, aber sie wollten, dass ich es noch einmal mache. Sie haben …“
„ …Fotos von Ihnen?“
Sie nickte.
Schweine, dachte Völkel. Das ist also ihre neue Welt, die sie erbauen wollen. Eine Welt, die sie gründen auf Erpressung und, wer weiß, vielleicht sogar auf Mord.
„Sie haben versprochen, dass ich nur noch einmal mitmachen muss, danach nicht mehr.“
Egal, dachte Völkel, das bringt uns jetzt nicht weiter. Zumal sie wohl selber nicht dran glaubt, dass die Typen Wort halten.
„Sie müssen sich keine Vorwürfe machen“, sagte Völkel. „Wir wissen, dass Sie es gut gemeint haben mit Daria. Sie ist doch zu Ihnen gekommen und hat Ihnen erzählt, dass sie dringend Geld braucht, stimmt`s?“
Sie schüttelte leicht den Kopf.
„So nicht“, antwortete sie. „Daria ist zu mir gekommen und hat mir gesagt, dass sie zurück muss nach Ägypten. Dass sie ihr Studium nicht beenden kann, weil ihre Eltern kein Geld mehr dafür haben. Sie hat schrecklich geweint dabei, weil sie so gerne studiert hat.“
Sie blickte ihn aus geröteten Augen an. „Daria war eine gute Studentin.“ Zur Bekräftigung nickte sie dazu.

„Und deshalb wollten Sie ihr helfen, ich verstehe.“ Völkel nickte jetzt auch.
Vor seiner nächsten Frage blickte er zu Schober hinüber. Pass auf, sollte das heißen, jetzt kommt die entscheidende Frage.
„Der Banker Gräfe gehörte doch auch zu dieser Gruppe“, sagte er. „War Gräfe mit Daria bekannt?“
Die Antwort kam jetzt ohne Zögern.
„Ja, Daria kannte ihn. Das Pendel hat sie in der ersten Nacht zusammengebracht.“
„Aber dabei ist es nicht geblieben.“
„Nein, sie haben sich danach auch privat getroffen. Das ist verboten. Es wurde mir gleich gesagt, dass ich mich niemals mit einem der Teilnehmer außerhalb des Hauses treffen dürfte. Dass es dafür schlimme Strafen geben würde.“
„Haben die auch gesagt welche?“
„Nein, die haben nur gesagt, dass sie überall Leute kennen würden und viel Einfluss hätten.“
„Aber daran hat sich Daria nicht gehalten.“
„Nein. Wenn das Pendel auf Gräfe zeigte, hat sie es so eingerichtet, dass es danach auf sie zeigte. Sie hat dann immer ihren Standort gewechselt, so dass es hinkam. Auch das ist verboten. Man darf das Pendel nicht korrigieren. Das Pendel ist das Schicksal. Und das Schicksal muss man nehmen, wie es kommt. Sonst bringt es Unglück.“ Sie schwieg einen Moment lang. „Und das hat es ja auch“, sagte sie dann.
„Ist es nicht aufgefallen, dass Daria immer versucht

hat, mit Gräfe zusammenzusein?“, mischte sich jetzt doch Schober ein.
Naoke zuckte mit den Schultern. „Ich weiß nicht. Einmal hat Daria mit einem anderen Mädchen sogar getauscht. Dem Mann, der dadurch ein anderes Mädchen bekommen hat, ist das bestimmt aufgefallen.“
„Würden Sie sagen, dass Daria sich in Gräfe verliebt hat?“, wollte Schober weiter wissen.
„Erst war es anders. Da hatte sich Gräfe in Daria verliebt. Er hat rausgefunden, wo sie wohnt, und ist hier aufgetaucht. Er hat sie immer wieder eingeladen, zum Essen, zum Besuch im Museum. Daria hat es Klara erzählt und die mir. Und später war sie auch in ihn verliebt.“
„Was ebenfalls nicht sein sollte“, ergänzte Völkel.
„Ja, verlieben war auch verboten.“
Völkel konnte sich ein Grinsen nicht verkneifen. Eine Welt voller Verbote, ohne Verlieben, aber mit Erpressung. Nein danke, dachte er, da möchte ich doch nicht mitmachen.
„Noch zwei Fragen“, sagte er. „Sind das alles Banker, die da mitmachen?“
Naoke zuckte mit den Schultern. „Ich weiß es nicht genau. Darüber wird nicht geredet. Aber wenn ich was über die Berufe der Männer gehört habe, ging es immer um Geldgeschäfte.“
„Und der Mann, der Sie angesprochen hat, wie hieß der?“
„Das weiß ich nicht. Er hatte meinen Namen von einer Studentin, die nicht mehr im Heim wohnt. Die hat ihm wohl gesagt, dass er mich ansprechen soll. Irgendwann

wartete er auf dem Parkplatz hinter dem Heim auf mich."
„War das ein älterer, braungebrannter Mann mit kurzen, grauen Haaren?" Völkel zog sein Handy aus der Tasche und zeigte ihr das Foto, das er von Gräfe und dem Mann gemacht hatte.
„Ja, das ist er."
„Hat er Sie auch später angesprochen, wenn Sie kommen sollten?"
„Nur beim ersten Mal. Ich musste ihm meine Handy-Nummer geben. Danach wurde ich immer über Anruf informiert, dass wieder ein Abend anstand. Wer mich dann angerufen hat, weiß ich nicht."
„Er ist der Chef", sagte Völkel. „Das stimmt doch?"
Naoke nickte.
„Dann ist er auch der Kapuzenmann mit dem Pendel in der Hand."
„Das glaube ich auch", antwortete sie. „Aber man kann ihn nie genau sehen. Das verhindert er immer. Ich glaube, kein Mädchen weiß das. Nur die Männer wissen es."
Völkel fühlte sich bestätigt. So hatte er das vermutet, so hatte es, musste er zugeben, auch Bartels gesehen. Bartels, fiel ihm dann ein. Es wurde Zeit, dass er Schober jetzt die ganze Wahrheit sagte. Nach dem, was er jetzt gehört hatte, war längst nicht mehr sicher, dass Bartels einen der beiden Morde begangen hatte. Die Vorwürfe, die Schober ihm machen würde, würden sich in Grenzen halten.
„Das war`s", sagte er zu Naoke. „Wir danken Ihnen

für Ihre Auskünfte. Und machen Sie sich keine Sorgen. Von uns erfährt niemand aus Ihrer Familie etwas."
Naoke stand auf, nickte ihnen noch kurz zu, dann ging sie zurück in das Gebäude, aus dem sie eben gekommen waren.
„Ach, eine Bitte habe ich noch", rief Völkel ihr nach. „Welches Seminar haben Sie jetzt, falls wir doch noch eine Frage haben?"
„Mittelhochdeutsche Liebeslyrik", antwortete sie. „Raum 137."
„Komm, lass uns in die Caféteria der theologischen Fakultät gehen", sagte Schober, als Naoke nicht mehr zu sehen war. „Ich kann jetzt einen Kaffee vertragen. Dann kannst du mir auch in Ruhe erzählen, was du mir bis jetzt verschwiegen hast."
Schober grinste, Völkel war erleichtert.

## 24.

Schober unterbrach Völkel nicht, als er ihm den Rest seines nächtlichen Erlebnisses erzählte. Er nippte nur hin und wieder an seinem Kaffee und wirkte ansonsten völlig ungerührt. Vermutlich hatte er längst geahnt, was genau passiert war.
„Gut", sagte er schließlich. „Wir suchen jemanden, gegen den einige Indizien in einem Mordfall sprechen, und du triffst dich nicht nur mit ihm, sondern lässt dich nach einem Hinweis von ihm auch noch auf ein

Abenteuer ein. Das ist also deine neue Form der Zusammenarbeit."
„Hör auf", antwortete Völkel. „Der ganze Ablauf der Geschichte zeigt doch, dass Bartels nicht der Mörder war."
„War er nicht? Seine Freundin hatte ein Verhältnis mit Gräfe, das wissen wir jetzt sicher. Aber nicht nur das, sie hatte sich sogar in Gräfe verliebt. Es bestand die Gefahr, dass er sie verlor."
„Ja, ich weiß, die Eifersucht. Aber warum sollte er sie dann umbringen?"
„Weil sie bei diesen Orgien in dem Landhaus mitgemacht hat. Weil sie sich, um es genau zu sagen, prostituiert hat. Dadurch hat er sich und seine Liebe zu ihr nachträglich entwertet gefühlt."
„Aber das hat er ja gar nicht genau gewusst. Deshalb wollte er ja, dass ich mich einschleiche. Erst durch mich hat er genau erfahren, was da läuft. Der Mörder von Daria kann er gar nicht gewesen sein. Und dass er Gräfe umgebracht hat, glaube ich nicht."
Er sah Schober an, um dessen Reaktion abzuwarten, der kurz die Mundwinkel verzog.
„Ich glaube es ehrlich gesagt auch nicht. Es wird was mit dieser Banker-Sekte zu tun haben, aber da kommen wir nicht weiter. Um die herum baut sich eine Mauer des Schweigens auf."
Endlich, dachte Völkel, endlich wird Schober vernünftig.
„Der Schlüssel ist dieser Oberpriester, der das Pendel schwenkt", erklärte er. „Er ist es auch, der die Mädchen engagiert, der überhaupt alles organisiert. Als er seine

Einleitungsworte sprach, kam es mir so vor, als würde er sie noch mal auf die Regeln dieses merkwürdigen Bundes einschwören. Und wenn er das nötig hat, heißt das doch, dass gegen sie verstoßen wurde. Weshalb sonst die Wiederholung?“ Er holte, bevor er den nächsten Satz sagte, tief Luft. „Vielleicht war es ein Verstoß, der mit Mord geahndet wurde.“
Schober sah ihn einen Moment fragend an, dann nickte er.
„Aber an den kommen wir nicht ran. Wir wissen ja nicht mal, wie er heißt.“
„Das Landhaus“, erwiderte Völkel. „Einer muss doch der Besitzer sein. Vielleicht ist er es. Dann hätten wir den Namen.“
„Vielleicht ist es ein eingetragener Verein. Und selbst wenn wir ihn sprechen sollten, was können wir ihm vorwerfen. Sektenpriester zu sein? Das ist nicht verboten.“
Völkel biss die Zähne aufeinander. Es stimmte ja, was Schober sagte. So kamen sie nicht weiter. Sie nippten beide an ihrem Kaffee. Das Schweigen zwischen ihnen empfand er fast als schmerzhaft.
„Es gibt nur einen Weg“, sagte er schließlich.
Schober sah ihn überascht an.
„Pass auf, meiner Meinung nach geht es nur so.“
Schober unterbrach Völkel nicht, während der zu einer umfangreichen Erklärung ansetzte. Er verriet auch mit keiner Miene, was er von dem Plan hielt. Erst als Völkel geendet hatte, schüttelte er den Kopf.

„Ausgeschlossen", sagte er. „Das machen wir auf keinen Fall. Der Plan ist viel zu gefährlich. Früher im Dienst hättest du so was niemals vorgeschlagen."
Völkel antwortete nichts. Es stimmte, ungefährlich war der Plan nicht, aber es fiel ihm keine bessere Möglichkeit ein. Außer dieser einen, die freilich alles auf eine Karte setzte.
Schließlich trank er den letzten Schluck von seinem Kaffee und erhob sich.
„Ja, dann", sagte er, „dann weiß ich auch nicht weiter. Dann werde ich jetzt mal …"
„ …nach Dortmund zurückfahren?"
Völkel nickte.
„Warte noch einen Augenblick. Setz dich noch mal."
Er setzte sich, Schober schwieg. Völkel merkte, wie es in ihm arbeitete, wie er verzweifelt nach einer anderen Lösung suchte.
„Ist gut", sagte er schließlich. „Ich riskiere es. Wenn es schiefgeht, bin ich bald auch wieder in Dortmund. Dann bin ich auch raus aus dem Polizeidienst, und wir können gemeinsam in den Tierpark gehen."
„Würde bestimmt lustig werden", versuchte Völkel es mit einem Scherzchen, aber Schober war nicht zum Lachen zumute.
„Dann los, hol sie", drängte Schober ihn.
Völkel hatte die Nummer des Raums, in dem die mittelhochdeutsche Liebeslyrik behandelt wurde, nicht vergessen. Schon wieder störten sie also ein Seminar. Als er die Tür geöffnet hatte, las er erst mal interessiert die

Namen, die an der Tafel standen: Walter von der Vogelweide, Heinrich von Morungen, Oswald von Wolkenstein. Nur von diesem Vogelweide hatte er schon mal gehört, die anderen Namen sagten ihm nichts.
Er suchte die Sitzreihen ab, Germanistik studierten offensichtlich überwiegend Mädchen. Alle, auch die Dozentin, sahen ihn inzwischen erstaunt bis neugierig an. Endlich entdeckte er Naoke in der vorderen Reihe, direkt vor der Tafel.
„Entschuldigen Sie die Störung", sagte er, „aber ich müsste dringend Frau Naoke sprechen."
Naoke stand schon auf, bevor irgendjemand etwas erwidern konnte. Mit gesenktem Blick kam sie auf ihn zu. Man sah ihr deutlich an, wie peinlich ihr Völkels Auftritt war.
Völkel wartete mit seiner Erklärung, bis sie Schober in der Caféteria erreicht hatten. Dann baten sie Naoke, sich zu setzen.
Sie hörte sich alles still an, schließlich nickte sie.
„Ja, ich habe noch die Telefonnummer", sagte sie. „Ich habe sie auf meinem Handy gespeichert, obwohl ich das nicht sollte. Es gehörte ausdrücklich zur Abmachung, dass man das nicht tun darf. Ich weiß auch nicht, warum ich es trotzdem gemacht habe."
Sie überlegte einen Moment lang.
„Werde ich dann nichts mehr damit zu tun haben?", fragte sie.
„Nichts mehr", antwortete Schober. „Versprochen."
„Gut, dann mache ich es."

Gott sei Dank, dachte Völkel, es gibt nur diesen Weg, um an den Mörder ranzukommen.
Dann suchten sie einen stillen Winkel im Gebäude, in dem möglichst wenige Nebengeräusche das Gespräch störten.
Naoke wählte die Nummer, gebannt schauten die beiden ihr zu. Würde der Typ sich melden? Tatsächlich, im nächsten Augenblick fing sie an zu sprechen. Sie sagte genau das, was sie ihr vorgesagt hatten. Den entscheidenden Satz musste sie wiederholen, ein Zeichen dafür, dass der Angerufene die Brisanz der Aussage erfasst hatte.
„Ist gut", sagte Naoke schließlich. „Heute Abend an den verlassenen Lagerhallen an der Autobahn. Ja, ich merke mir die Straße. Neun Uhr, ich kann mir ein Auto leihen und werde da sein."
Sie lobten sie, als sie das Gespräch beendet hatte.
Schober notierte sich auf einem Zettel die Angaben, Straße und Uhrzeit.
Naoke beeilte sich, zurück in ihr Seminar zu kommen.

## 25.

Für Völkel war der Tag sehr langsam vergangen. Er war am Rhein spazieren gegangen, hatte in einem Restaurant mit Außentischen einen Salat gegessen und war dann durch die Fußgängerzone gelaufen. Sein Auto, fiel ihm ein, stand noch immer vor Kathrins Haus. Also würde sie bei ihrer Rückkehr merken, dass

er noch immer da war. Egal, dann wusste sie wenigstens Bescheid.
Anfangs war das Wetter noch schön gewesen, später waren Wolken aufgezogen. Es sah nach Regen, vielleicht sogar nach Gewitter aus.
Für Schober dagegen musste die Zeit bestimmt sehr schnell vergehen. Er hatte alles eilig vorzubereiten, wobei es auf jedes Detail ankam. Keine leichte Aufgabe. Er dagegen hatte Zeit, viel Zeit.
Um kurz vor acht holte Schober ihn am vereinbarten Ort, dem Grabbeplatz, ab. Schweigend fuhren sie zum Einsatzort.
Es war alles dunkel, als sie von der Rückseite an die verlassenen Lagerhallen heranfuhren. Schober parkte seinen Golf ein Stück entfernt davon hinter einem Gebüsch. Langsam liefen sie auf die Hallen zu, die von der Dämmerung eingehüllt vor ihnen lagen.
Völkel sah genau hin, konnte aber nichts entdecken. Er bekam einen Schreck. Hatte Schober etwa versäumt, alles vorzubereiten? Fragend sah er ihn an, Schober lachte. „Mach dir keine Sorgen, alle sind an ihren Plätzen."
Sie suchten sich den offenen Eingang einer der Lagerhallen aus, um sich dort zu verstecken. Die Tür war rausgebrochen worden, mit verbogenen Scharnieren lag sie hinter ihnen in der Halle. Es waren insgesamt fünf Hallen, die hier standen, eine davon mit Laderampe. Die Aufschriften dort verrieten, dass hier mal Obst und Gemüse umgeschlagen worden war. Wer weiß, zu welcher Ladenkette das mal gehört hatte.

Schober stieß ihn an und zeigte auf ein zerbrochenes Fenster im oberen Stockwerk der gegenüberliegenden Halle. Tatsächlich, dort bewegte sich was. Ein Mann mit Kapuze und Präzisionsgewehr in der Hand. Schober zeigte noch auf andere Fenster. Völkel unterließ es, dorthin zu sehen. Es reichte zu wissen, dass alles vorbereitet war.
Zwischendurch kam aus dem Dunkel der Halle ein Mann zu Schober und flüsterte ihm etwas ins Ohr. Schober stellte ihn vor. „Das ist Nils Brauner, mein Kollege“, sagte er. „Er hat noch mal bestätigt, dass alle auf ihrem Posten sind.“
Völkel reichte ihm die Hand.
Schließlich kam langsam ein Auto herangerollt, ein alter Polo, wie Völkel feststellte. Das Auto parkte im Schatten der ersten Lagerhalle, eine Frau stieg aus. Sie war klein, sehr zart und hatte pechschwarze Haare. Ein asiatischer Typ, dachte Völkel. Jedenfalls konnte man sie dafür halten. Sie trug eine enge Jeans, dazu eine schicke gelbe Jacke. Ein Typ, wie sie ihn heute mehrfach an der Uni gesehen hatten.
Die Frau blickte sich um, Schober zeigte sich kurz an der Tür, um zu bestätigen, dass er da war. Kaum sichtbar nickte sie, dann ging sie scheinbar unschlüssig auf dem Gelände herum.
Es war jetzt zehn vor neun, ein leichter Nieselregen hatte eingesetzt. Gott sei Dank gab es kein Gewitter, wer konnte wissen, ob die Begegnung dann stattfinden würde.
Der Nieselregen war schlecht für die Sicht, die Frau

dort vor der Lagerhalle war nur schwer zu erkennen. Andererseits war das auch gut für ihren Plan. Sie war dann auch für jeden anderen, der sie hier suchen würde, schwer erkennbar.
„Hat die Frau auch ein Handy dabei, das sie gleich vorzeigen kann?“, fragte Völkel.
Schober nickte. „Alles vorbereitet, keine Sorge.“
Die Zeit verging unendlich langsam. Völkel merkte, dass er zwei-, dreimal pro Minute auf die Armbanduhr starrte.
Endlich standen die Zeiger auf neun Uhr, Völkel blickte hinüber zu der Straße, die in das verlassene Gelände führte, aber es zeigte sich niemand. Verdammt, ob der Typ etwas geahnt hatte? Hatte er sich vielleicht irgendwann am Nachmittag hierherbegeben, um das Gelände zu sondieren? Dann hatte er bestimmt mitbekommen, dass die Polizei es abgesichert hatte, und war unbemerkt verschwunden. Wenn er das gemacht hatte, wäre alles vergeblich gewesen. Dann würden sie ihn nie fassen.
Auch die Polizistin blickte jetzt fragend zu ihnen herüber. Was jetzt, schien ihr Blick zu bedeuten.
„Ich weiß nicht“, sagte Schober plötzlich. „Die Sache gefällt mir nicht. Vielleicht sollten wir abbrechen.“
„Warum? Nur weil der Typ zu spät kommt? Das kann Absicht sein, um das Opfer nervös zu machen. Lass uns noch ein paar Minuten warten.“
Die Zeit verstrich, nichts geschah. Nur der Nieselregen wurde immer feiner und hörte schließlich ganz auf.

Schwaches Licht von Laternen einer Straße weit entfernt schimmerte herüber und tauchte die ganze Szene in ein unwirkliches Licht.
Gespenstisch, dachte Völkel, wie in einem Kriminalfilm. Aber dies hier war kein Film, dies war echt. Und es lief nach einem Plan ab, den er ausgeheckt hatte, und niemand wusste deshalb besser als er, wie gefährlich dieser war.
Es war jetzt zehn nach neun, die Frau blickte immer offener zu ihnen herüber. Was ist jetzt, sollen wir Schluss machen, hieß das.
Da hörten sie plötzlich in der Ferne Motorengeräusch. Auch die Frau hatte es vernommen. Sie nahm schnell Deckung im Schatten der Lagerhalle und blickte gespannt zur Straße hinüber. Schober gab ein Zeichen hinauf zu den Fenstern. Achtung, es geht los, hieß das.
Das Motorengeräusch wurde lauter, aber sie konnten den Wagen noch immer nicht sehen. Der Typ hatte die Scheinwerfer ausgestellt, um sich im Dunkeln anzuschleichen. Jetzt war sich Völkel sicher, dass er es war.
Endlich rollte der Wagen auf den Platz zwischen den Lagerhallen. Ein Landrover, ein protziges Modell, passend für den Mann. Eine Zeitlang blieb die Situationunverändert. Die Frau im Schatten der Lagerhalle, der Typ in seinem Landrover. Dann öffnete sich die Fahrertür und der Typ stieg aus. Ein etwa sechzigjähriger Mann mit kurzen, grauen Haaren. Selbst in der Dunkelheit glaubte Völkel, sein braungebranntes Gesicht zu erkennen. Aber das war bestimmt bloß Einbildung.

Er ist es, dachte Völkel, es ist tatsächlich Arnfried Bellmann. Den Namen kannten sie inzwischen, weil sie seine Handynummer überprüft hatten und es darauf angemeldet war.
Bellmann blickte sich suchend um. Die Frau, das war klar, hatte er längst entdeckt, aber es ging ihm zuerst darum, das Gelände zu sondieren. Waren sie auch wirklich allein hier, gab es auch keine Zeugen? Das war es, was er wissen wollte.
Jetzt keinen Fehler, dachte Völkel. Jetzt keine falsche Bewegung oder irgendein Geräusch. Bloß so etwas nicht!
Die Frau trat ein wenig aus dem Schatten, Bellmann musterte sie aufmerksam. Da ist sie also, die es gewagt hatte, ihn zu bedrohen, schien er zu denken. Auch jetzt blieb er unbeweglich stehen. Es war ein Abtasten, ein kleiner psychologischer Zweikampf, der hier stattfand.
Wer will hier was von wem? Das war es, worum es den beiden ging. Nicht schlecht, diese als Japanerin verkleidete Polizistin, dachte Völkel. Gut, dass sie diesen Zweikampf durchhielt, das machte die ganze Aktion glaubwürdiger. Da hatte Schober ganze Arbeit geleistet.
„Was ist los?", rief Bellmann jetzt, der die Spannung als erster nicht mehr durchhalten konnte. „Wo sind die Fotos, mit denen Sie mich erpressen wollen?"
Die Frau streckte ihre Hand vor, etwas Schwarzes befand sich darin.
„Hier sind sie. Holen Sie sich das Handy."

Sie sprach es sehr leise, ihre Stimme sollte sie nicht verraten.
Bellmann zögerte. Wieder blickte er sich misstrauisch um. War etwas falsch gelaufen, hatte irgendeine Geste der Polizistin nicht gestimmt? Dann griff er in die Innentasche seiner Jacke und fühlte nach etwas, das er dort verborgen hielt.
Eine Waffe. Völkel ahnte, was er da in der Hand hatte. Jetzt wurde es richtig gefährlich, gleichzeitig gehörte genau das zu ihrem Plan. Sie mussten an seine Waffe kommen.
Bellmann schien sich ein wenig zu ducken, es war eine Körperhaltung wie bei einem Menschen, der bereit war zum Sprung. Zum Sprung auf die Frau zu oder zurück ins Auto.
„Passt auf", zischte Völkel. „Der hat irgendwas vor. Vielleicht hat er Verdacht geschöpft."
In dem Moment gab Bellmann seine angespannte Körperhaltung auf. Er reckte sich wieder, und zwar so sehr, dass er größer erschien, als er wirklich war. Ein Imponiergehabe, leicht zu durchschauen, aber doch wirksam. Oft genug hatte Völkel es selbst angewendet.
Dann ging er ein paar Schritte auf die Frau zu.
„Geben Sie es her, ich gebe Ihnen dann das Geld. Und danach will ich Sie nie wieder sehen. Haben Sie das verstanden? Sie waren es nicht wert, bei uns zu sein."
Er hielt seine geöffnete Hand vorgestreckt, während er sich der Frau näherte, die weiter in wartender Position verharrte.

Plötzlich stutzte Bellmann, blieb abrupt stehen, blickte sich kurz zu den Fenstern der Lagerhallen um und stürzte dann davon.
„Zugriff!", schrie Schober.
Aber es dauerte eine Zeitlang, bis sich Schatten aus den Lagerhallen lösten. Alle waren überrascht von dieser plötzlichen Wende. Bellmann hatte im letzten Moment bemerkt, dass etwas nicht stimmte, und sofort reagiert. Ein cleveres Bürschchen, dachte Völkel, der ebenfalls ein, zwei Sekunden brauchte, bis er die Situation erfasste.
Bellmann lief tatsächlich zu ihrer Lagerhalle herüber, aber nicht auf den Eingang zu, in dem sie standen, sondern er wollte in den Schatten der Halle kommen, um von dort aus unbemerkt zu flüchten. Er hielt etwas in der Hand, das im schwachen Dämmerlicht blitzte. Die Pistole, Völkel wusste es sofort.
Er rannte trotzdem hinterher, ganz automatisch ging das, ohne jede Überlegung. Ein Reflex, den er in Hunderten von Einsätzen geübt hatte. Hoffentlich schießt jetzt keiner, dachte er. In der Dunkelheit konnte man leicht die Schatten verwechseln.
Hinter sich hörte er Schobers Rufe und die der anderen Polizisten.
„Stehen bleiben, Polizei. Lassen Sie die Waffe fallen!"
Bellmann kümmerte sich nicht darum und rannte weiter. Völkel ahnte, dass er zwischen zwei Lagerhallen hindurch auf das freie Feld dahinter laufen wollte, um von dort aus zu entkommen. Er kürzte ihm den Weg

ab, jetzt war er nur noch vier, fünf Meter hinter ihm. Bellmann hatte offensichtlich seine Schritte gehört, denn er blickte sich kurz um. Gut möglich, dass er ihn dabei erkannt hatte. Dann wusste er endgültig, welches Spiel gespielt wurde.

Jetzt renne ich deinetwegen schon zum zweiten Mal, dachte er. Beim ersten Mal am Landhaus gestern Nacht, da ist alles gutgegangen, und beim zweiten Mal wird es das auch, glaub mir!

Seine Wunde begann wieder zu schmerzen. Egal, dachte Völkel. Ab morgen habe ich wieder Zeit, sie zu pflegen. Jetzt muss ich noch einmal die Zähne zusammenbeißen, schließlich war es mein Plan. Und der darf nicht misslingen, auf keinen Fall darf er das!

Völkel lauschte auf die Schritte. Er merkte, dass es nur ihre waren. Die anderen waren offensichtlich weit hinter ihnen. Wie ein Blitz durchzuckte ihn der Schreck. Um Gottes Willen, in welche Situation war er da geraten? Er musste aufpassen, er musste ihn, wenn er Bellmann erreichte, mit einem Schlag kampfunfähig machen. Auf jeden Fall musste er ihm die Waffe aus der Hand schlagen.

Die Ackerkrume war glitschig geworden vom Nieselregen. Bei jedem Schritt drohte er auszurutschen. Aber Bellmann vor ihm, merkte er, hatte noch mehr Probleme damit. Wie auf Eiern lief er durch die Furchen. Völkel kam ihm näher. Jetzt waren es noch drei Meter, jetzt zwei. Er streckte seine Hände vor, bereit, ihn umzustoßen, sobald er ihn erreicht hatte.

Aber genau in dem Moment, als er zustoßen wollte, drehte Bellmann seine Schulter weg. Der Stoß ging halb ins Leere. Bellmann strauchelte zwar, konnte sich aber aufrecht halten und seinerseits Völkel einen Stoß versetzen. Noch im Stürzen gelang es ihm, nach Bellmanns Jacke zu greifen und ihn mit sich nach unten reißen. Sie lagen jetzt auf dem Acker, in eine Art Ringkampf verwickelt, bei dem entscheidend war, wer den anderen nach unten drückte. Verzweifelt riss und zerrte Völkel an Bellmanns Jacke, aber Bellmann war stark. So stark, wie er es ihm nie zugetraut hätte. Völkel merkte, wie ihm die Kräfte schwanden, wie es Bellmann gelang, sich mit all seinem Gewicht auf ihn zu legen. Als er endgültig unten lag und Bellmann ihm seinen linken Arm über die Kehle legte, um ihm die Luft abzudrücken, wusste Völkel, dass er verloren hatte. Er sah, wie der andere die Pistole zückte, wie er sie auf ihn richtete, die Augen zusammenkniff, und plötzlich verschwamm das Gesicht vor seinen Augen. Es war ja gar nicht Bellmann, der da über ihm lag, es war dieser Bulgare, der schon mal auf ihn geschossen hatte, damals in der Dortmunder Nordstadt. Er war zurückgekommen, er wollte sein Werk vollenden. Endgültig.
Diesmal hat er mich wirklich, dachte Völkel, diesmal gibt es für mich kein Entrinnen. Ein Knall noch, ein brennender Schmerz und es ist aus. Aus für immer. Verzweifelt versuchte er zu atmen, aber die Lunge war wie abgeschnürt. Sein Brustkorb wölbte sich, ein erstickendes Geräusch drang aus seiner Kehle.

Kathrin, dachte er, was sie dazu sagen wird. Und Patrick! Er wird nicht mehr erleben, wie der Kleine aufwächst. Nie mehr wird er ihn zum Kindergarten bringen können. Das alles schoss ihm fast gleichzeitig durch den Kopf. Ein Schuss noch und dann …
In diesem Moment hörte er einen dumpfen Schlag. Das war es also, dachte er noch, das ist jetzt das Ende, und er wunderte sich gleichzeitig, dass er überhaupt noch denken konnte. Der Druck an seiner Kehle löste sich, er konnte wieder atmen. Staunend sah er, wie etwas Blitzendes durch die Luft flog.
Die Pistole! Plötzlich begriff er, dass es die Pistole war, die davonflog. Aber eine Pistole kann gar nicht fliegen, musste er dann denken, du träumst, du bist weit weg vom wirklichen Leben.
„Hände hinter den Kopf!", hörte er eine Kommandostimme, die ihm bekannt vorkam. Gleichzeitig packte ihn jemand am Kragen seiner Jacke und riss ihn hoch.
„Bist du in Ordnung, Bernhard?"
Es war Schobers Stimme, die ihn das fragte, jetzt erkannte er sie. Und dann sah er ihn auch. Schober, schweißnass und dreckig im Gesicht, stand vor ihm. Neben ihnen knieten zwei Polizisten auf Bellmann und hielten seine Arme fest. Dann klickten die Handschellen um seine Hände.
Erst nach und nach begriff Völkel, dass er gerettet war. Dass noch mal alles gut gegangen war.
Er sah Schober an, der ihm nichts erklären musste. Schober war es gewesen, der ihn gerettet hatte.

„Du bist dreckig im Gesicht“, sagte er.
„Da musst du dich erst mal sehen“, antwortete Schober. Dann fielen sie sich in die Arme.
„Mein Gott, wie knapp das war“, stöhnte Schober ihm ins Ohr. „Und wie gut, dass es so ausgegangen ist.“
„Dann hat mein Plan doch geklappt“, antwortete Völkel. „Ich hab´ dir doch gesagt, dass wir das schaffen.“
Schober hielt Völkels Kopf fest und sah ihm in die Augen.
„Aber wie knapp das war, mein Lieber, mit wie viel Glück wir es geschafft haben. Hätte ich das vorher gewusst, hätte ich dem niemals zugestimmt.“
Er lächelte. Es war nicht Zufriedenheit, die sich darin ausdrückte, sondern abgrundtiefe Erleichterung.
Ein Polizist stieß Schober an. In einem Plastikbeutel hielt er ihm die Pistole hin.
“Wir haben sie!“, sagte er.
„Sofort zur kriminaltechnischen Untersuchung!“, ordnete Schober an. „Das Kaliber vergleichen mit der Mordwaffe.“
„Bei beiden Morden“, ergänzte Völkel.
„Stimmt, bei beiden. Aber wir sind uns schon jetzt einig über das Ergebnis, oder?“

## 26.

Bis jetzt hatte Völkel alle Schritte zur Aufklärung der Morde mitgemacht, da wollte er auch beim letzten

Schritt nicht fehlen. Zum ersten Mal kam er in das Düsseldorfer Polizeipräsidium, für das er doch, wenn man es genau nahm, schon seit Tagen gearbeitet hatte. Er wusch sich in der Toilette, bevor er zum Verhör ging, genauso wie Schober. Bellmann hatten sie dieses Recht nicht eingeräumt. Lehmverschmiert saß er vor ihnen. Sollte er das ruhig als entwürdigend betrachten, das tat ihm ganz gut angesichts der Arroganz, mit der er und die Besucher seiner schwarzen Messe auftraten. Bellmann schien zu begreifen, warum es geschah. Er wehrte sich nicht. Er saß auch nicht aufrecht im Stuhl am Verhörtisch, sondern hing ein wenig nach links geneigt. Bellmann, merkte Völkel, war fertig. Als wäre bei dem Wettlauf, bei dem Kampf in der Ackerfurche, die letzte Kraft aus ihm gewichen.

Er wehrte sich auch nicht lange. Ja, Daria und Gräfe hätten heiraten wollen, bestätigte er. Es war das Pendel, das sie zusammengebracht hatte, aber das Pendel hätte etwas anderes damit bewirken sollen als sich später daraus entwickelte. Das Pendel wollte keine Heirat zwischen Menschen, die einfach nicht zusammengehörten. Es sei missbraucht worden, stöhnte er, missbraucht von Gräfe und noch mehr von Daria.

Gräfe wäre zuerst zu ihm gekommen, um ihm das mit seiner Liebe für Daria zu erklären. Aber dann hätte er ihn auf die Regeln hingewiesen, die Regeln, die jeder zu beachten hatte, wenn er in der Gemeinschaft bleiben wolle, koste es, was es wolle. Das Pendel spielte Schicksal nur für eine Nacht, nicht für länger. Das Schicksal

entscheidet sich immer neu, so wie sich auch für ihn und seinesgleichen jeden Tag alles neu entscheidet.
„Banker sind wir“, sagte er, „die jeden Tag auf ihr Schicksal vertrauen und bereit sind, alles zu riskieren. Keine Spießer, keine Durchschnittstypen.“
Als er dies sagte, kehrte für einen Augenblick Begeisterung in ihn zurück, Begeisterung für seine Sache.
Gräfe hätte die Entscheidung schließlich akzeptiert, erzählte er weiter, weil er eben einer von ihnen gewesen war, einer, der zu Recht dazu gehört hatte. Aber dann hätte ihn dieses Mädchen angerufen, diese Daria, und gesagt, sie hätte mit ihrem Handy Fotos gemacht. Fotos von ihrem letzten Treffen, auf denen auch er zu sehen sei. Und wenn er ihre Liebe zu Gräfe weiter hintertreibe, wenn er nicht duldete, dass sie ein Paar würden, würde sie die Fotos zu seiner Bank mailen. Dann würde er ja sehen, was passieren würde. An alle Rechner wollte sie die Fotos schicken, jeder im Haus sollte sie sehen.
Er sah Völkel und Schober lange an. „Der Durchschnitt versteht ja nicht, was wir machen“, sagte er dann. „Ich wäre erledigt gewesen, wenn sie es getan hätte.“
„Die Fabrikware meinen Sie“, mischte sich Völkel ein.
„Was für eine Fabrikware?“
„Na, die Fabrikware Mensch, nicht der Durchschnitt, das meinten Sie doch.“
Bellmann schüttelte den Kopf. „Von mir aus auch die Fabrikware. Ist mir egal, wie sie das Mädchen nennen und alle, die so denken wie sie. Was kommt es schon auf Wörter an?“

„Oh, sehr viel!“, warf Völkel ein. „Konfuzius hat mal gesagt, dass alles mit den Begriffen beginne. Wenn die Begriffe nicht mehr stimmen würden, stimme die ganze Gesellschaft nicht.“
Bellmann und Schober sahen ihn jetzt in gleicher Weise erstaunt an. Völkel merkte, wie die Wut mit ihm durchging. „Dann ging es bei Ihnen also doch nicht um Philosophie oder etwas Religiöses, wenn Sie nicht mal solche Begriffe kennen, sondern einfach nur ums …“
Schober stieß ihn an.
„Weiter, Herr Bellmann, was geschah dann?“
Bellmann erzählte weiter, dass es keinen anderen Ausweg gegeben hätte, als das Mädchen auszuschalten. Alles hätte sie mit ihren törichten Gefühlen zerstört. Der entscheidende Sündenfall beginnt immer mit dem ersten, erklärte er. Wenn der ungestraft geblieben wäre, wäre alles zu Ende.
„Aber das wiederum wollte Gräfe nicht akzeptieren, stimmt´s? Zur Not hätte er noch auf sie verzichtet, aber dass sie wegen ihrer Liebe zu ihm sterben musste, ging ihm zu weit.“
Völkel erinnerte sich an die Begegnung zwischen den beiden, die er heimlich beobachtet hatte. An die Heftigkeit der Unterredung und den Stoß, den Gräfe ihm verpasst hatte.
Ja, bestätigte Bellmann, Gräfe hätte ihn aufgesucht. Er sei außer sich gewesen vor Wut. Den ganzen Laden wollte er auffliegen lassen, hätte er gedroht. Es wäre

ihm lieb gewesen, wenn es anders gegangen wäre, gerade bei Gräfe, der ein Gründungsmitglied ihrer Gruppe gewesen sei. Aber es wäre nicht anders gegangen. Auch er musste ausgeschaltet werden.

Bellmann wirkte, während er das sagte, seltsam unbeteiligt. Hatte ihn der Kampf vor der Festnahme wirklich so erschöpft, dass es ihm schwer fiel, Emotionen zu zeigen? Oder steckte etwas anderes dahinter? Das Bewusstsein vielleicht, dass es jemandem wie ihm erlaubt, so zu handeln? Völkel wollte es nicht glauben, aber ausschließen wollte er es auch nicht.

„Welche Waffe haben Sie benutzt?"

„Die, die ich dabei hatte."

Dann hätten sie bald den Beweis, dass beide Morde von Bellmann verübt worden waren. Dass Bartels vor allem unschuldig war.

Es war inzwischen ein Uhr nachts geworden, Völkel merkte plötzlich, wie hundemüde er war.

„Lass uns morgen noch mal treffen", sagte er. „Ich muss jetzt dringend ins Bett."

„Warte, ich lass dich zu Kathrin bringen", sagte Schober. „Mit der dreckigen Kleidung kannst du unmöglich durch die Stadt laufen. Und bei der Gelegenheit kannst du jemand Besonderen kennen lernen."

Es war die als Japanerin verkleidete Polizistin, die ihn nach Hause fuhr. Völkel freute sich, dass er sie wenigstens kurz sprechen konnte.

„Das haben Sie toll gemacht!", lobte er. „Sie waren sehr überzeugend."

„Und Sie erst“, antwortete sie. „Ohne Sie hätten wir ihn vielleicht gar nicht gekriegt.“
„Na, ob das so toll war“, wiegelte er ab. Dann sah er sie sich genauer an und stellte fest, dass sie wirklich einen asiatischen Einschlag hatte.
Sie lachte, als er sie darauf ansprach. „Ja, meine Mutter ist Japanerin“, sagte sie. „In Düsseldorf gibt es eine japanische Kolonie.“

Kathrin bekam diesmal mit, wie er sich ins Zimmer schleichen wollte. Plötzlich stand sie im Schlafanzug vor ihm. Es war ein Schlafanzug mit Blümchenmuster, genauso einer, wie sie ihn schon als Kind gerne getragen hatte. Völkel fiel auf, dass er sie schon lange nicht mehr im Schlafanzug gesehen hatte. Wenn er zum Frühstückstisch kam, war sie immer schon fertig angekleidet. Der Anblick seiner Tochter und die Erinnerung an früher rührten ihn so sehr, dass er plötzlich Tränen in den Augen hatte. Kathrin sah es. Sie nahm ihn in den Arm und drückte ihn.
„Unterdrücke die Tränen nicht“ sagte sie. „Wer weiß, was du wieder gemacht hast. Tränen lösen die Spannung.“
Er folgte ihrem Rat. Die Tränen kullerten ihm über die Wangen und tropften auf ihre Schlafanzugjacke.
Später goss sie ihm und sich ein Glas Wein ein, einen Weißherbst. Während sie tranken, erzählte er ihr den ganzen Fall. Sie hätte, das wusste er, sowieso keine Ruhe gegeben. Nur bei der Darstellung des Ringkampfs mit Bellmann blieb er ungenau. Bellmann,

sagte er, wäre gestürzt und sie hätten ihn leicht packen können.
„Gott sei Dank, dass er gestürzt ist!“, antwortete sie. „Wer weiß, was sonst hätte passieren können.“
Und dann empörte sie sich über diese Neureichen, die glaubten, machen zu dürfen, was sie wollten.
„Was heißt, sie glaubten es?“, verbesserte Völkel sie. „Die glauben es noch immer und die tun es auch.“
Es war schon kurz vor vier, als sie endlich ins Bett gingen. Aber Völkel brauchte noch mehr als eine Stunde, bis er endlich einschlafen konnte.

## 27.

Sie saßen wieder in dem Café am Rheinufer. Frachtschiffe zogen vorbei. Komisch, dachte Völkel, am Anfang, als ich kam, und jetzt, wo ich gehe, kann ich den Anblick besonders genießen.
Schober bestellte sich ein Frühstück mit Rührei, er hatte in der Nacht noch lange gearbeitet und noch nicht gefrühstückt. Völkel bestellte sich Tee. Kaffee hatte er schon bei Kathrin getrunken und zu viel davon am Morgen bekam ihm nicht.
„Wir haben das Handy von Daria bei Bellmann gefunden“, erklärte Schober, während er das Ruhrei auf einem Brötchen verteilte.
„Tatsächlich?“ Völkel war überrascht.
„Es sind sogar einige Fotos von Gräfe und Daria darauf,

aber sonst nichts Verfängliches. Jedenfalls nichts von der Gruppe und von ihm."
„Was glaubst du, warum er es behalten hat? Es wäre doch besser gewesen, es wegzuwerfen und nicht nur die verfänglichen Bilder zu löschen. Immerhin ist es ein Beweisstück."
„Hat mich zuerst auch gewundert,", sagte Schober. „Aber er wollte es wohl dazu benutzen, um die anderen von Gräfes Regelverletzung zu überzeugen. Und dabei bist wahrscheinlich du ihm in die Quere gekommen. Vielleicht wollte er es bis zum nächsten Treffen behalten und dann wegwerfen. Oder er ist nicht dazu gekommen, die Bilder umzuspeichern, was weiß ich."
Er sah Völkel an.
„Danke, Bernhard!", sagte er dann. „Mein Gott, was du alles riskiert hast, um mir bei der Lösung meines ersten großen Falles zu helfen." Er griff nach Völkels rechter Hand. „Das werde ich dir nie vergessen."
„Und ich nicht, dass du mir das Leben gerettet hast. Nur den Bruchteil einer Sekunde später, und Bellmann hätte geschossen. Ganz sicher hätte er das."
„Komm, lass es gut sein. Das war ja wohl das Mindeste, was ich tun konnte. Weißt du, was mich am meisten entsetzt, ist diese Arroganz der Leute."
„Das hat meine Tochter gestern auch gesagt."
„Du hast ihr die Geschichte erzählt?"
„Musste ich doch. Sie hätte sonst niemals Ruhe gegeben."
„Leute, die glauben, sie stehen außerhalb der Regeln, einfach, weil sie sich alles leisten können."

„Können sie doch auch. Und außerhalb der Regeln stehen sie ja auch, schon immer."
„Wie meinst du das?"
„Während wir beide unsere Steuern ordnungsgemäß beim zuständigen Finanzamt entrichten, haben die sich bei England Inseln geschaffen, über die sie ihre Geldgeschäfte abwickeln. Natürlich ohne Steuern. Ist das etwa keine Sonderregel?"
Schober musste plötzlich lachen. „Stell dir mal vor, unsere Kunden, die notorischen Ladendiebe, die Spanner, Exhibitionisten und wer weiß wer noch alles, würden ebenfalls Inseln für sich gründen, wo sie all dem Mist, den sie sonst nicht machen dürfen, ungestraft huldigen dürften. Warum die nicht, wenn es doch die anderen dürfen? Gleiches Recht für alle."
„Sag das nicht so laut", entgegnete Völkel. „Das ist ja fast so etwas wie eine …"
„ … Revolution, meinst du das?"
„So ungefähr." Jetzt musste Völkel auch lachen. „Komische Gedanken hast du", sagte er. „Obwohl, so blöd ist das gar nicht. Irgendwie ist da wirklich was dran."
„Jetzt musst du aufpassen, dass du es nicht zu laut erzählst."
Sie lachten so laut, dass ein paar andere Kunden zu ihnen herüberblickten. Eine ältere Dame schüttelte empört den Kopf.
„Was machst du jetzt?"
„Jetzt fahre ich endgültig zurück nach Dortmund. Vielleicht gehe ich am Wochenende ins Stadion zum BVB.

Da wird die Meisterschale überreicht. Wir haben eine tolle junge Truppe."
Schober nickte. „Ich lese immer darüber. Hier in Düsseldorf spielt Fußball keine Rolle. Kein Wunder, so schlecht wie die Fortuna spielt. Und was machst du sonst?"
„Sonst gehe ich wieder in den Tierpark. Die Berberlöwen und Tapire werden sich schon wundern, wo ich geblieben bin."
Er beugte sich plötzlich näher zu Schober hin, der ihn überrascht ansah.
„Weißt du, dass ich erst heute das Gefühl habe, mit meinem Beruf wirklich abgeschlossen zu haben?"
Schober schüttelte den Kopf. „Nein, wieso das denn?"
„Bei meinem Fall in Dortmund mit dem Bulgaren, als du auch dabei warst, habe ich nicht im Traum daran gedacht, dass das mein letzter Fall sein könnte. Eine Routinesache, habe ich geglaubt, genau wie du."
Schober nickte.
„Aber das war er nicht. Er hätte mich beinahe das Leben gekostet. Und so bin ich aus dem Dienst getreten, ohne das Gefühl, einen Abschluss geschafft zu haben, verstehst du das? Ich hatte seither immer den Eindruck, dass ich etwas Unfertiges zurückgelassen habe, und konnte deshalb auch nie richtig damit abschließen. Aber jetzt, da bin ich sicher, kann ich das. Jetzt habe ich das Gefühl, dass ich ein Ende erreicht habe."
„Ich glaube dir", sagte Schober, „und ich glaube dir auch wieder nicht."

„Was glaubst du nicht?“
„Ich glaube dir, dass du jetzt ein Gefühl hast, etwas abgeschlossen zu haben. Das nehme ich dir ab. Aber dass damit für dich alles vorbei sein soll …“
Er brach ab und biss in sein Brötchen.
Völkel antwortete nicht. Er blickte hinaus auf den Rhein, wo gerade wieder ein großes Containerschiff vorbeizog.

**Heinrich Peuckmann**

geb. 1949, lebt mit seiner Frau und drei Söhnen in Kamen bei Dortmund. Über vierzig Einzelpublikationen: Romane, Krimis, Erzählbände, Jugend- und Kinderbücher. Zuletzt erschienen der Krimi „Heimkehr“ und der deutsch-deutsche Familienroman „Die Schattenboxer.“ Peuckmann ist Mitglied in der Krimiautorenvereinigung „Das Syndikat“ und im PEN.

Der Kriminalroman enthält Anspielungen auf Arthur Schnitzlers „Traumnovelle“. Zwei kurze Sätze wurden zitiert. Dies geschah nicht, weil der Verfasser die Übersicht verloren hätte, sondern aus voller Absicht. Der Verfasser beabsichtigt auch nicht, Politiker zu werden.

Lychatz Verlag

»Todesengeln schreibt man nicht«
von Klaus W. Hoffmann

ISBN 978-3-9813385-7-7